短編小説の魅力

『文芸戦線』『戦旗』を中心に

山口守圀

海鳥社

短編小説の魅力――『文芸戦線』『戦旗』を中心に◉目次

第Ⅰ部　戦前1　『文芸戦線』の作品から

第Ⅱ部　戦前2

第Ⅲ部 戦後

第Ⅰ部　戦前1

『文芸戦線』の作品から

『文芸戦線』について

『文芸戦線』について略述しておこう。

一九二三年九月一日の関東大震災と天皇制権力によって『種蒔く人』は廃刊に追いこまれ、翌年一月、平沢計七、川合義虎、鈴木直一ら九人の追悼号「種蒔き雑記」を出したが、これが事実上の最終号となった。

だが、このきびしい試練を乗り越えてプロレタリア文学は息を吹き返すことになる。それが、一九二四年六月の『文芸戦線』の発刊であった。

『文芸戦線』は『種蒔く人』と同様、同人制をとり、創刊時のメンバーは、青野季吉、今野賢三、金子洋文、小牧近江、佐々木孝丸、佐野袈裟美、中西伊之助、前田河広一郎、松本弘二、武藤直治、村松正俊、平林初之輔、柳瀬正夢の一三人であり、第三号から山田清三郎が参加した。『種蒔く人』の同人で除外されたのは、上野虎雄、津田光造、松本淳

三、山川亮の四人である。

創刊号（A5判、六三ページ）には「文芸戦線社同人及綱領規約」が掲載され、

一、我等は無産階級解放運動に於ける芸術上の共同戦線に立つ

二、無産階級解放運動に於ける各個人の思想及び行動は自由である

という二カ条のかんたんな綱領とともに、八カ条の規約と七項目の編集規約が示された。

巻頭に青野季吉が「『文芸戦線』以前『種蒔き社』解散前後」を書き、『文芸戦線』発刊当時の事情をつぎのようにのべている。

『文芸戦線』同人の顔ぶれが旧『種蒔く人』の同人とほとんどかわらないためにその復活であるかのような印象をあたえるだろうが、決して看板を書きかえただけのものではなく、『種蒔く人』が『文芸戦線』にかわらなければならない理由があったのである、としながら、「種蒔き社」の解散の第一の理由は、その統制が乱れたためであり、それを立てなおすためには「離反した同人の自発的脱退」を待つか、解散して新しい団体をつくるしかない。しかし「『種蒔き社』の如き比較的自由な団体の統制にも服せぬほどの気まま勝手な、投げやりな、悪くいえばぐうたらな人間共に自発的脱退などの正しい進退の道など分かる筈はない」ので、解散して新しい団体をつくる以外に道はなかった。

第二の理由は、震災前から決して楽ではなかった雑誌の経営が、震災によって全く行き

づまったことである。もちろん『種蒔く人』が売れなかったのではない。たしかに『種蒔く人』を販売している書店にたいする官憲の干渉や、読者である官吏、教員をクビにするという当局の弾圧はあったが、かといって雑誌の売れ行きが悪かったわけではなく、採算はとれていたのである。ところが、数回に及ぶ発禁処分、また講演会や演説会も当局の干渉によって収入はゼロ、これらのことが「種蒔き社」の財政を圧迫することになったのだ。

第三には、震災によって政治的、社会的に手痛い打撃を蒙ったことである。震災を機に起こったさまざまなできごとにより、「同人中に無産階級解放運動の執るべき道に関して、意見の上で多少の距離を生じた。それは、文芸方面においてはよく共同戦線を張ることが出来ても、無産階級解放運動の他の面では、特に主として行動に現れる方面ではこれまでの『種蒔き社』の行き方では一致することは困難」であるという情況を生み出したのだ。したがって、「行動の方面では各自が新境地に向かって進む」こととし、共同戦線は「文芸方面に展開せねばならぬことに」なったのである。

青野は「種蒔き社」の解散についてこのように三つの理由をあげ、『文芸戦線』発刊へと向かったのである。なお、この文章はその二カ月前に書かれたものであった。

『文芸戦線』創刊号には青野の文章につづいて、佐野袈裟美の評論、今野賢三、田邊若男、金子洋文、武藤直治、前田河広一郎らの文章が掲載され、「編集後記」には「ことごとく新しくやりなほさなければいけない。なかなか思ふやうに出来ぬ。しかし同人の熱意でこゝまでまとめることが出来た。（略）同人は一生懸命だ。次々とい、原稿が集まると思ふ。（略）若い人の原稿も歓んでのせるつもりだ。無名の人で立派な原稿を送ってくれると、よろこんでいただく。（略）どんどん原稿を送ってほしい」と記されている。奥付には発行編集人・中西伊之助、発行は文芸戦線社とある。第二号から一九二五年新年号までは財政面の援助者は田村太郎であった。

それまでの号からいくつか抜き出してみよう。二号には金子洋文「若松不知火の死」、中西伊之助「朝顔を作る男」、伊藤永之介「新作家論」などを掲載。青野季吉「人類的立場と階級的立場」、里村欣三「真夏の昼と夜」、林芙美子「女工の唄える」など（三号）。四号は「九月創作集」として、青野の評論「文芸家の社会思想」のほか、今野賢三、中西、伊藤、金子などの小説六編と、武藤直治、山田清三郎、佐野袈裟美らの戯曲四編が載せられ、一〇〇ページを超えるものとなっている。

五号には葉山嘉樹の「牢獄の半日」のほか、佐々木孝丸「文学革命と革命文学」、松山はな「夜の河」など。前田河広一郎「頭髪」、千田米吉「カムサッカ半島の別天地」、本郷一郎「キャムベル事件」、里村欣三の連載ルポルタージュ「富川町から」など（六号）。七号にはエスペラント欄が設けられ、表紙にも「LA　FRONTO」という文字が入れられた。また目次にもページが記入され、雑誌の体裁をととのえてくる。新年号（八号）は一一九ページ、青野の評論「事実回避の思惟形式」のほか、前田河、今野、小牧近江らの「プロレタリア読物」六編、山田、金子、武藤の創作三編などが掲載されたが、赤字つづきで出資者である田村太郎も投げ出さざるをえなくなり、休刊のやむなきにいたった。この号を最後に発行人・田村太郎の名前が奥付から消える。

休刊のときの事情について、山田清三郎はつぎのように書いている。

「休刊の号になった一九二五年一月号は、佐々木孝丸の編集当番のときで、私がその補助者だった。かさなる借金に、印刷所の神田表猿楽町の三誠社では、途中で仕事をなげようとしたので、いくらか工面した金を直接工場にわたし、労働者たちになんとか雑誌をつくってもらった。それは一九二四年の年の暮れのことで、その次の号からの見通しはまったくなかった」（『物語プロレタリア文学運動』上、新日本出版社）

「編集後記」には「（略）新年号の本誌は、かなり立派な出来栄えであるとヒソカに自負する次第だ。（略）来月号には、自然科学、社会科学に関する有益な興味ある記事を掲載する。必ず読者の期待に添う事と思う。同人はみんな健在だ。本年も亦、各々盛んに活動する事と思ふ」と書かれていたが、財政難はどうしようもなかったのである。

『文芸戦線』が息を吹きかえすのは五カ月後の一九二五年六月のことであった。体裁は

B5判、二四ページ、編集・発行は山田清三郎。編集後記には「我等の『文芸戦線』は、ここに面容を一新して再び現はれた。何より休刊中頻々と激励と叱咤の言葉を寄せられた熱心な読者諸君に対し、多少とも責を果たすことの出来たことを先ず歓びたい。（略）同人は皆健在だ。大方の同情声援と相まって、次号は一層よきものをお目にかけることが出来やうと思ふ」と記されている。

復刊第二号（一九二五年七月号）に、青野季吉は「『調べた』芸術」を書き、A5判（六〇ページ）となった一〇月号には「文芸批評の一発展型」を発表した。これらによって青野はプロレタリア文学の理論的指導者としての地位を確立していく。

この年の一二月、プロレタリア文芸連盟が結成される。これは『文芸戦線』をはじめ『戦闘文芸』、『文芸市場』、『原始』、『解放』、『文党』などの既成の文学団体のほかに、江馬修、林房雄らが参加し、進歩的文学者の大同団結をめざすものであった。

この前後の『文芸戦線』には、一一月号の巻頭に葉山嘉樹の「淫売婦」、二六年一月号に前田河広一郎「海の軽業」、葉山「セメント樽の中の手紙」、壺井繁治「顔の中の兵士」、それに黒島伝治「銅貨二銭」など、プロレタリア文学の佳作が掲載された。また、このころ登場してきたのが「冷たい笑」（三月号）の平林たい子、「スロットル・ヴァルブ」（一一月号）の久板栄二郎、一二月号の巻頭詩「万年大学生の作者に」の中野重治らである。

青野の「自然成長と目的意識」が発表されたのも『文芸戦線』の九月号であった。

一九二六年一一月一四日、プロレタリア文芸連盟は第二回大会において福本主義の影響下に改組を決定、名称も日本プロレタリア芸術連盟（略称「プロ芸」）と変更し、セクションも文学、演劇、美術、音楽の四部門に整理する。委員長・山田清三郎、書記長・小堀甚二、委員には中野重治、佐々木孝丸、久板栄二郎、柳瀬正夢が選出された。この改組によってアナーキスト系、あるいは反マルクス主義者であった壺井繁治、秋田雨雀、小川未明、新居格、加藤一夫、宮島資夫らは排除され、中西伊之助、松本弘二、村松正俊も脱退した。

一方、千田是也、小堀、黒島、赤木健介、佐野碩が正式の『文芸戦線』同人となり、二七年二月には村山知義、藤森成吉、つづいて蔵原惟人、中野正人、小野宮吉、山内房吉が加入している。

ところが『文芸戦線』一九二七年二月号に掲載された林房雄の「社会主義文芸運動」にたいして、福本主義者であった鹿地亘は論文「所謂社会主義文芸を克服せよ」（『無産者新聞』）によってきびしい批判を加える。これが口火となり、文学運動を革命的な政治運動と結びつけようとする旧マルクス主義芸術研究会出身の中野、久板、鹿地、それに谷一らと、『文芸戦線』派の林、山田らとの対立が激化、六月、事実上プロ芸の役員を独占した反『文芸戦線』派によって同人一六名が除名される。プロ芸を離れた青野、山田、林、前田河、金子、村山、蔵原、小堀、黒島、里村、葉山ら一六名は労農芸術連盟（労芸）を結成し、同人制をやめて『文芸戦線』をその機関誌とした。

だが、労芸では一一月、社会民主主義の立場を明確にした山川均の原稿掲載をめぐって内部の意見が真っ向から対立した。この「ある同志への書簡」の掲載を主張する青野、葉山、小堀らにたいして、山田、林、蔵原らは「労芸は山川イズムの団体ではない」として強硬に反対したのである。結局、『文芸戦線』の編集責任者である山田の決断によって掲載は見送られた。このできごとをきっかけに、蔵原、山田、村山ら労芸を脱退した四九名は前衛芸術家同盟（略称「前芸」）を結成。労芸に残留したのは、青野、山内、石井安一、武藤直治、佐野袈裟美、金子、前田河、小牧近江、今野賢三、小堀、平林たい子、里村、岡下一郎、黒島、葉山、宇谷治久、今西成美、伊藤貞助、寺島幸夫、鶴田知也、狭間祐行、岩藤雪夫、山田縁子ら二三名であった。

こうしてプロレタリア芸術運動は分裂、プロ芸、前芸、労芸のいわゆる三派鼎立の時代となった。ちなみにこのときの機関紙の発行部数は『プロレタリア芸術』（プロ芸）三〇〇〇部、『前衛』（前芸）六〇〇〇部、『文芸戦線』（労芸）八〇〇〇部といわれる。

『文芸戦線』に拠り、社会民主主義の立場に立つ労芸は、プロ芸と前芸との合同によって三・一五事件の直後、一九二八年三月二五日に結成された全日本無産者芸術連盟（略称「ナップ」）と対立をつづけていくことになる。

作家として葉山、黒島、平林、鶴田らが、そして批評家としては青野、小堀らが活躍し、のちに細田民樹、細田源吉、伊藤永之介、今野大力、間宮茂輔らが登場、小林多喜二、佐田稲子、中野重治、徳永直、中条百合子らのナップと対抗していくことになる。最盛期の発行部数は二万部に達したという。

一九三〇年六月、労芸に第一次分裂が起きる。岩藤雪夫の代作問題をきっかけに、平林、今村恒夫、長谷川進の三人が労芸を脱退したのである。一月には伊藤貞助と高野次郎、黒島、今野大力、宗十三郎、山内謙吾が脱退。これが第二次分裂であり、彼らは文戦打倒同盟を組織しナップに加盟した。さらに三一年五月には、細田民樹、細田源吉、間宮茂輔ら一一名が労芸を脱退、第二次文戦打倒同盟を結成し、ナップに加盟する。同年一月には誌名を『文戦』と改め、文芸誌から大衆的啓蒙誌へと転換を図ったが、ナップに圧倒され、ついに一九三二年五月、労芸は解散のやむなきにいたった。その直後、労農文化連盟を創立、『文戦』は七月号を最後として廃刊となる。

つづいて左翼芸術連盟を結成したが八月には分裂し、葉山、前田河、里村らはプロレタリア作家クラブをつくって『労農文学』を創刊。これにたいし左翼芸術連盟に残った青野、金子、鶴田らは『レフト』をその機関誌としたが、ともに一〇号で終刊となった。

その後、荒畑寒村によって両者の合同が実現し、一九三四年二月、第二次労芸が発足、『新文戦』を機関誌としたが、一二月で終わっている。

『文芸戦線』には数多くの作品が掲載された。平林たい子「夜風」、山本勝治「十姉妹」、黒島伝治「穴」、「パルチザン・ウォルコフ」、岩藤雪夫「ガトフ・フセグダア」、伊藤永之介「山越え」、鶴田知也「海鳴り」、今野賢三「処女地」、犬田卯「開墾」、細田民樹「或る砲手の死」、間宮茂輔「闇」、「鉱山の私娼窟」、今野大力「トンカトントンカッタカッタ」、長谷川進「前進する雑踏」、伊藤貞助「砲声」、山内謙吾「線路工夫」、「暴徒」などなどである。

かつて津田孝氏は「日本プロレタリア文学集」10の解説の中で、「プロレタリア文学の歴史的展開のなかで、雑誌『文芸戦線』と、それによった作家たちの役割は大変大きいものがあった。しかし、『文芸戦線』がプロレタリア文学雑誌としてたどった歴史は、『文戦』と改題された時期を合わせて、一九二四年六月から三二年七月まで八年余にわたる屈折と波瀾に満ちたものであった。『レフト』『労農文学』『新文戦』など、その後身と言うべき雑誌を含めると、作家同盟解散後の一九三四年一二月にまで及んでいる。当然のことながら（略）その歴史的役割は、それぞれの時期で大きなちがいがある」。また、今日では「作家同盟と対立しつづけ、分裂しつつ衰退・消滅した『文戦』派の作家の仕事もふくめて、進歩的で発展的なリアリズムの見地から、作品の成果を可能なかぎり幅ひろく考え、評価するようになっている」(『赤旗』二〇〇一年一一月六日)とのべている。妥当な指摘であろう。

この見地から、『文芸戦線』誌上の膨大な作品群の中からつぎの五編をとりあげたが、これらの作品が代表的なものというわけではないことをお断りしておく。

今野賢三「汽笛」

高い板塀に囲まれ、監獄を思わせるこの工場では、午後五時半に終業の汽笛が鳴る。その時刻がなんと待ちどおしいことか。三〇分前になると仕事が手につかなくなる。「何というわけもなく心持ちがそわそわして、一刻も、一瞬も早く、此の工場を抜け出て、ほっとした、ゆるやかな、軽い気持ちになりたいのである」。職工たちは汽笛を合図に、まるで監獄から釈放されたように職場を離れた。

作業服を脱ぐと、彼らは泥水のような湯の中にとびこむ。ほとんどが二〇歳前後の若者だが、そのからだには生気がなかった。そんな浴槽でも、湯からあがった職工たちは「身体がすっかり軽くなったやうな気持ち」で工場の門を出て行くのである。

おれは橋上に佇立《たたず》んで何気なくふりかへる。そして工場の全景を見わたす。

底知れない冷たい感じをひそめて石のやうにだまっている赤煉瓦の建物――。その底の方から、グワン　……グワン！……グワーンッ！　といふひゞきが断続的に洩れてくる。

――製缶の残業かな？……。

ふと、心の中で呟きながら、その音響にじっと耳をすます。すると、或る永遠のうめき声が、胸深く喰ひ込んで来るやうな気がしてくる。

（略）購買組合から、炭俵を背負ふて来る灰色の顔の中年の兄弟がかたわらをゆく。重そうに米俵を背負って、腰を折曲げてヨタヨタと歩いてくるナッパ服の老人――。

何といふ生活に疲れた顔だろう！　背負ひ切れない生活の重みになやむその姿！

こんな光景をあとにしながら〈おれ〉は帰宅する。「三治か？」。この母の声を耳にすると、終業の汽笛を聞いたときのほっとした気持ちは消えてしまった。空腹感が襲う。膳を用意したものの、彼女は「暗い不安そうな眼で、何かおどおどしてでもいるやうにおれの顔を見つめる」と、「三治……今夜は後生だからこれでがまんしてくれ！　ナア！」というと飯櫃《めしびつ》を見せる。底にわずかな飯がくっついているだけだった。〈おれ〉はだまってうなずくほかなかった。

いかがわしい家に「奉公」に出されていた妹はそこで「子宮病」になり、手術するために入院している。その費用のため母は着物を質に入れなければならなかったのである。米を買う金にも困っていたのだ。明日は何とかするから、と詫びるようにいう母。〈おれ〉は箸を放り出すと家をとび出し、わけもなく歩いていたが、しょんぼり座っていた母の姿が頭から離れなかった。

工場の昼休み、芝生に腰を下ろしていると、そこへ現業委員の山田がやってくる。彼は話し出した。現業委員会というのは労働組合をつくらせないために先手を打って「目つぶし」をくらわせたようなもので「ごまかし細工」に過ぎん。例えば、各職場にストーブの設置を要求すると、会社側は工場に暖房装置があるから必要ないという。そんなものは役に立たないじゃないか。しかもこの程度の要求をしたくらいで危険人物に見られてしまう。委員の選挙でも、現場主任から露骨な干渉をうけるという。

この話を聞きながら〈おれ〉は怒りのようなものがわき出てくるのを感じた。やがて就業の汽笛が鳴り、立ち上がった二人は「真剣な気持ちを互いに感じ合ふ」のだった。

職場で油にまみれて働いている仲間たちの姿を見ていると、〈おれ〉は「これが人間の生活なのかな?」という思いにかられる。そこには「腹の底から笑っているものもいない。みんな蟻が這いまわるやうに、死人がむち打たれて歩くやうに、ただ黙々とうごめいている」だけである。その一方では、自由で幸福な生活をしている人たちがいる。「此の世の中はわれわれだけのものだ。貴様たちは生涯、われわれの仲間に入ることの出来ない労働者だ！」とあざ笑っている者たちの顔が見えるような気が〈おれ〉にはしてくるのだ。

帰宅した〈おれ〉の眼に入ったのは薄暗い炉端に「小さくなっている母の姿」であった。「それは恰《あたか》も路傍になげすてられた縄の切れッぱしのやうに、細く痩せた姿である。油気のないバサバサな髪、つやもなくこけた頬――」。〈おれ〉が帰ったことに気づいても視線を向けるだけで起きあがろうともしない。「今帰ったのか？」。やっとからだを起こし、「なァ三治！」というその眼から、言い知れぬ「暗い心配」が見て取れた。

医者によると、入院している妹はもう一度手術をしなければならないというのだ。いったいどうしたらいいのか途方にくれていたのである。手術代などあるはずがない。「困ったなァ……」ということばしか〈おれ〉にはなかった。

病院へ行ったときのことが眼に浮かぶ。きのうのことだ。妹は「哀れみを乞うやうな、とりすがるやうな」、そして兄と会えたことが「嬉しいやうな眼」で〈おれ〉を見つめる。その顔を見ると「おれのあたまのなかは抜けどころのない蜘蛛の巣のやうな憂鬱でいっぱいになってくる」のだった。それはやり場のない感情であった。工場にも我が家にも息の抜ける場所などない。だが工場をやめれば飢え死にするほかないではないか。この作品はつぎのような場面で終わる。

――なァ三治!　最《も》う借りに行くところもないしなァ……。

母は眉をひそめてほっと吐息してうなだれる。

するとおれの心のなかでは火花のはじけるやうな叫びがおこる。

『なんといふ生活だァ!』

最う雨の音までが、やけくそに屋根をひっぱたく。おれの心のなかではまた繰り返す。『何といふおれたちの生活だッ』……。

貧困にあえぐ労働者とその家族を題材にした作品である。妹を売春宿らしきところへ「奉公」させなければならないほどの貧しさ、しかも彼女は病気になり手術しなければならないが、その費用もない。

主人公の働く工場では現業委員会なるものがつくられていたが、その実態が山田をとおして暴露される。三治は労働組合の必要性を痛感するが、作品では暗示的に書かれているだけで、現状を打ち破るために何をなすべきか、いかに行動すべきか、そのたたかいの展望は描かれてはいない。

また、終業の汽笛を待ちわびる労働者たち、泥水のような湯の中にとびこむ「蒼白な、ひからびた、生気のない」彼らの顔、飯つぶがこびりついているだけの飯櫃、手術代をつくるために着物を質屋へ持って行く母親……これらは工場労働者の実情と彼らを搾取する者への怒りを表してはいるが、「何といふおれたちの生活だッ！」ということばに示されているように貧困への呪詛にとどまっている。ここに作品の時代的限界を見ることができよう。

（『文芸戦線』一九二四年六月・創刊号。この六三ページの創刊号には、青野季吉の「文芸戦線以前」、佐野袈裟美「社会主義的文芸の諸特徴」のほか、金子洋文、田辺若男、武藤直治、前田河広一郎らの作品が掲載されている）

山田清三郎「一夜」

「場末の、薄汚い、木賃宿の夜は寒かった」

この作品の書き出しである。

「チェッ、ひどい風が入って来るな」とつぶやいたのは、安さんという爺さんである。よく眠っているまわりの者を見ると、なおさら寝つけない。「老境弱者」の自分が悲しかった。だが、やがてなんとか眠りに落ちていった。寒い夜も更けていく。

だれかが便所に立ったのだろう、階段を降りて行く音がする。安さんも尿意をもよおしていたが、折角暖まったからだが冷えるのを思うと、起きるのをためらわざるをえなかった。とはいえ、尿意は強まるばかりだった。そこで、さっき階段を降りて行ったやつが上ってきたら自分も行こうと決心した。

しばらくして階段を上ってくる音がしたので、安さんは布団から飛び出した。そのとき、

「や、安さんか」といったのは苦学生の吉三だった。便所に行ったのかと尋ねると、彼は知らないという。音がしたのはたしかにこの部屋だと思ったのだが、「知らない」というのを確かめる余裕もなく、用足しに降りて行った。便所にはだれもいなかった。「汚物をすっかり処分してしまっ」た安さんは、風の音も、周囲のいびきも、寝言も、そして「そっと自分の枕もとに、足音を忍ばせてやって来て、恐る恐る何事か一つの仕事をやり終へて、ニタリと不気味な笑みを洩らした吉三のこと」も知らずに眠っていたのである。

木賃宿の朝は早い。「黎明の忍び足が、まだずっと遠い彼方にいる」のに、労働者や放浪者たちは起きてきて、今日の働き口や食い物のことを話題にしていた。部屋には安煙草の煙が這いまわっている。一人の物貰いの爺さんが、木造の観音像を入れた箱を背負うと宿を出て行った。

「呑気な商売もあるもんだなあ」。爺さんが出て行くと、だれかが嘲るようにいう。だが、なかなか金になる商売のようだ。やがてみんなが起き出してきた。そのとき、昨夜はじめて泊まったという渡りの大工の富蔵が叫んだ。「財布がない。俺の財布がない」。部屋中に緊張が走る。「どこへしまって置いたんだ。よく探してみろよ」。叱りつけるようにいったのは道路工夫の鶩之助である。

「早く調べてくれやい。愚図愚図していちゃ、第一何も知らぬ俺達まで仕事に出られないぢゃねえか」。足止めされたみんなのいらいらが富蔵に集中する。「腹掛けの中に入れた」といいながら富蔵は布団をはいだり、あたりをさがしまわったりしたが出てこない。なくなったのは一〇円札と銀貨が少々だという。そんな大金をどうして腹掛けなんかに入れておいたんだとなじる鶯之助に、「ぼんやりしているから盗られるんだ」とだれかが相づちを打った。

その騒ぎに、久しぶりに熟睡していた安さんは目を覚ました。宿のお内儀は盗難事件を交番へ知らせに走る。

ここで話は急転回を見せる。やってきた巡査が安さんのジャケツの中から一〇円札を見つけたのだ。「この十円札は一たいどうしたんだ」と詰問する巡査。まったく予想もしなかったことが起こったのである。「善良な、気の小さい安さん」にとって、それは「奇蹟に等しい不思議な不可解」なことであった。これまで困った人を助けたことはあるが悪いことなどしたことのない彼は、巡査にどのように弁明してよいかわからなかった。その部分はつぎのように描かれる。

安さんは言葉が詰まって、思ひの片鱗をも口に出して訴へることは出来なかった。第一、巡査の威圧するやうな独断的な眼が、頭から彼の発言を厳として遮っていた。

安さんはただもう、意外の出来事に心がおろおろするばかりであった。

「それに昨夜、便所に起きたのはお前一人だけだったといふぢゃないか。そしてお前の行動を、チャンと見ていた証人があるんだ。」

巡査は判官のやうな口調でいった。

「えッ、だ、誰がそんなこと……」

余りの腹立たしさと、口惜しさと、恐怖と悲しさのために、安さんの声はぶるぶるふるへていた。

「何でもい、から兎《と》に角《かく》警察まで来るんだ。」

「行きます、行きます、俺ら何にも知らないんだ。」

「愚図愚図いはずに、さっさとついて来たまへ。」

巡査は、職権の威力を示すやうに、厳然としていふと、彼を引立てた。

「俺ら何にも知らないんだ。俺ら何にも知らねえんだ……」

安さんは羊のやうにひかれて行った。

留置場の中はじめじめしていて暗く、尿の臭いがただよってくる。「司法主任が見えるまで、静かに待っているんだ。いいか、声を立てたり騒いだりすると承知しないぞ!」。

巡査は「鉄のような無慈悲な言葉」を残し、扉に錠を下ろすと立ち去った。安さんは息がつまり、意識がなくなったような気になったが、しばらくして意識がはっきりしてくると、「何ともいへぬ悲しさと、口惜しさが、下腹部のあたりからヂリヂリと込み上」げてくるのだった。大声でわめき、留置場の壁をぶち壊したいような衝動に駆られたが、じっと耐えるよりほかなかった。

だれがいったい罪をかぶせようとしたのか。吉三かもしれないのだが、あの正直な苦学生がそんなことをするだろうか。ではだれなのか。考えれば考えるほど安さんの頭は混乱してくる。突然「背筋から、頭の中心にかけて、火のやうなものが貫き走った」。自分が巡査に連行されたときの宿の連中のことが思い出されたのだ。

みんな俺を犯人だと思っていたのだろう。ざま見ろというような鶯之助のあの眼、「それ見ろといはんばかりの大工の顔」、それに「源八のせゝら笑ひ」、隣の部屋から顔を出して見ていた奴ら……その中で、気の毒そうな顔をしていたのは吉三だけだったではないか。そのことを考えると、彼を疑ったことに忸怩《じくじ》たる思いがこみあげてきた。

「チクショウ！」。安さんの頭の中に「見る見る耐え難い屈辱に対する憎悪と復讐の念」が燃えあがってくるのを押さえることができなかった。

留置場の窓から朝の光が「数条の縞をなして煙のやうに」入ってくる。安さんは司法主任の取り調べをうけるために外に出された。その頭には「六十年もの長い間無意識の間に守って来た、小学校の修身教科書的人生観を一夜にして捨て去り」、残りの人生を太く短く、そして面白く送ろうという気持ちしか残っていなかった。

この短編は、木賃宿で起こった盗難事件を題材にした作品である。新入りの泊まり客の金が紛失、それが主人公のジャケツの中から出てきたうえに、たまたま夜中に便所に行ったことが疑いを濃くしたのである。そして警察に連行される。だれが自分に濡れ衣を着せたのかはわからないが、そのことより巡査に引かれて行くときの宿の連中の態度がひどく主人公の気持ちを傷つける。それは彼の人生観を一変させるほどのものであった。

底辺に生きる人々が集まる木賃宿での思わぬ事件がもとで、自暴自棄になり、人間不信に陥っていく主人公の姿がリアルな筆致で描かれた作品である。

（『文芸戦線』一九二四年一二月号）

大木雄三「隣家の鶏」

『文芸戦線』一九二六年三月号には一〇編の小説が掲載されている。「隣家の鶏」はその中の一編である。

眠くなるようなうららかな春の一日、縁側で古新聞を読んでいた由造は、退屈しのぎに「畑でも見廻ってくるか。」といいながら松葉杖にすがると立ち上がった。なんというい日和だろう、空は蒼く澄み、遠くで雲雀《ひばり》がさえずっているように思われた。こんな日は「自分でも持て余している意固地がゆるむ」ようだった。

畑では「可愛い麦奴が手を振上げてはしゃいでいる」。弟の源が一人で育てている麦だ。源は、兵隊にとられ、演習での怪我がもとで片足がきかなくなった由造の手を借りずに一人で畑を作っているのだった。そのことをだれかに話したいのだが、人に会うのさえいやなのである。それは「不具は人に迷惑かけないのに」好意など示してくれる者など一人もいなかったからだ。そんな彼には、麦の出来栄えを誇る相手さえいなかった。「しかたがない、土に誇れ、空に語ってやれ。」と思うほかなかったのである。

「畜生ッ」。由造は腹を立てた。畑から鶏の鳴き声が聞こえてきたのである。また畑の麦をつついているにちがいない。松葉杖をつきながら畑へ急いだ。案の定、鶏の一群がいる。追い払おうとするが逃げようともしない。それどころか、「麦の葉の心無しの奴、食はれるのを知りながら、鶏に戯れかかるやうに喜んで声を立てている」ように見えるではないか。由造が石を投げると、やっと鶏の群れは四方に散った。白い羽毛が、風に吹かれて舞いあがるのを見て、彼はやっと溜飲を下げた。

近所の家では、どこも鶏を飼っていて、畑を荒らすのである。これまで何度も由造は抗議したが、いつも「どうも済みませんで。」ということばが返ってくるだけで、放し飼いをやめようとはしなかった。それどころか、「不具者はいっこくでね。」などと陰口をたたく始末である。

ただ、佐平だけは、うちは囲いをしているし、それに餌も腹いっぱい食わせているから、と強弁する。そのやりとりはこのように書かれる。

「だって畑へ入るのを見たんですからね、それも一度や二度ぢゃなし何とかして貰はなくちゃ、私どもがやりきれません。」

嘘つけ！　と言ひたいのを堪えて、由造は言った。

「出すめえとはしても、生き物のこんだから始末にいけねえのさ、悪気で追い込んでいるわけぎゃねえから。」

嘘つけ！　由造は同じ手でいくよりしかたがない。

「そりゃわかってますがね、ぢゃ私の方でも悪気があるわけぢゃねえが、見つけ次第追い出しますから、気を悪くしねえやうに願います。」

それから度々、佐平の家の鶏が、麦畑へ入ってくるのを見た由造は、遠慮なく石を投げつけた。

そんなやりとりがあったあと、また「白色レグホンの真赤な鶏冠だけが、麦の青さに浮いて」いるではないか。佐平の鶏だと思った由造は石を投げつけた。「うんと打ちつけてやれよ、兄い。」という声がした。弟の源である。「みんな食われてしまったな。」という彼に、「何あに、僅《わず》かだけんどな。」と慰めるかのように由造は何気なくいった。きょうも「眠くなるようないい日和」である。

やがて桜の季節になったが、冷え込む夜もあり、由造は風邪を引き寝こんでしまう。大丈夫か、と聞く弟に「大したことはねえ、俺らどっちにしたって、遊んでいる人間だものなあ。風邪くれえ……。」というが、源は心配であった。風邪ぐらいだと思って安心はできない。医者に診てもらうようすすめるが、人に嗤《わら》われるといって由造はいうことをきかなかった。

この日も源は畑仕事に出かけた。臥せっていた由造は水が欲しくなり、思わず「お母ァ。」と叫んだが、だれもいるはずがない。仕方なく起きあがると震える足を踏んばりながら流し台に近づいた。そのとき、表の戸が開く音がして、「今晩は。」という声が聞こえた。佐平がやってきたのである。厄介だと思いながらランプをつけた。佐平は、源さんはまだ畑から戻らないかといいながら、それじゃお前さんに、と話を切り出した。それによると、麦を食った自分のところの鶏が源さんに石を打ちつけられ一羽死んだというのだ。これも自分の手落ちだから謝りにきたのだという。

そこへ源が帰ってくるが、佐平と顔を合わせたくないのだろう、井戸端でゆっくり足を洗っている。佐平は帰って行った。源は話のなりゆきが気になり、聞こうか聞くまいかと思い迷っているうちに、由造は床に入ってしまった。

だが、「あやまりにきた」という見えすいた、わざとらしいことばを思い出し眠れなかった由造は、やはり眠れないでいた源に声をかけた。「なあ、源、確《しつか》りしなくちゃ駄目だぞ。この世の中には、佐平の野郎みてぇな図々しいのがうんといるんだからなぁ。お前が鶏殺したって、言いがかりつけて来やがって。」

彼は、佐平が謝りにきたといって、実はいいがかりをつけ、仲直りに見せかけて酒の一升も買わせようとしたことに怒りを覚えた。お互い貧乏人だから畑の作物をだいじにするのは当り前だし、こっちは悪気があってやったんじゃない。だが、向こうが謝るなら、自分の方も謝らなければならん。そういったら、あの野郎、変な顔をして帰って行ったぞと由造がいうのを聞くと、源は心配になった。佐平の性格を知っていたからである。彼の仕返しは早かった。

翌朝のことである。昨夜からの雨はやんでいた。由造の懐は大きくふくれあがり、白い鶏の尾が出ている。家の表に置かれていた鶏の死骸であった。昨夜、佐平が持ってきたものにちがいないと考えると腹が立ったが、すぐ思い直した。「目には目を」だ。「お忘れ物を届けに来やした」といって返してやろう。あいつはどんな顔をするだろうと考えたのである。

松葉杖をつきながら畑の小道を「バッタのように躍ねて行く」由造の着物の「裾に、麦の葉の露が吸ひつ」く。彼の心は晴れた春の日のようであった。

これは農村のくらしの断面を切り取り、手塩にかけた作物への農民の思いと、それを荒らされることへの怒り、そして貧しさがもたらす人間の醜さをも描いた作品である。

軍隊にとられたため身障者となった由造の弟が作っている麦畑が、佐平の放し飼いにしている鶏によって荒らされるため、石を投げて殺してしまう。畑を荒らしたことを謝りにきた佐平の魂胆を見抜いた由造は追い返すが、その仕返しは、鶏の死骸を由造の家の前に置いていくという陰湿なものであった。

このいやがらせにたいして由造は「忘れ物だ」といって鶏の死骸を返しに行く。してやったりという気持ちになった彼は松葉杖をつきながら畑の小道を急ぐのであった。それはまさに「目には目を」であり、佐平の仕打ちへの痛快なお返しでもあった。また、まわりの人間にたいする日ごろの偏見への復讐の気持ちも重なっていたのかもしれない。


（『文芸戦線』一九二六年三月号）

黒島伝治「脚を折られた男」

以前、病院の助手をしていた〈私〉は手足を切断した男を何人か見たことがある。その残った手足は擂粉木《すりこぎ》のような形をしていた。切り落とされたあとも、まだ手足がそのままついているような感覚が残り、頭をかくのに先のない手を持ち上げたりするのである。こんな「不具者」は工場だけで作られるのではない。

〈私〉の故郷に庭石運びをしていて両脚を切断した元三郎という青年がいた。彼は手製の松葉杖をつき村中を歩きまわっていた。その左足は膝から下、右は足頸から下がない。左足は「五年も洗濯をしないやうな汚れくさった着物にかくれて見えなかったが、右は切られた下へぼろ切れを巻きつけ、破れ足袋をかむせてい」た。

そんな元三郎に向かって「ゲンの足無し」と囃したてる子供たちに「何ぢゃ。俺れや三本も足があるんだ。」と言い返し松葉杖を振りまわす。子供たちが石を投げつけると、彼は唾や痰をひっかけたが相手に届くはずもなかった。

元三郎は村中を歩きまわり、茄子や瓜など食えるものは何でも取って食った。柿がなっていれば松葉杖でたたき落とした。村人たちはどぶに捨てるものでも与えようとしないどころか、小便をひっかけた瓜を置いておき、それを拾って食べるのを見て笑うのだった。こんなくらしをしている彼にも婆さんと呼ばれる母親も兄弟もいたのだが、「穀潰《ごくつぶ》し、不用ごろ、きょろ作」などといって厄介者扱いをされ、飯櫃《めしびつ》も手の届かないところにぶら下げていた。妹も「クッチャネ」と馬鹿にするのである。「食っちゃ寝てばかりいる」というのだ。婆さんは「不用ごろめが、ちっと何ぞせい！」と、「二本だけ残っている前歯をむき出して」どなるのである。妹からも嫌がらせをされたり、からかわれたりした。自分の家の中でさえ、元三郎には居場所がなかったのだ。

ある日のことである。畑から帰ってきた婆さんの目の前に、松葉杖で吊るされていたお櫃を突き落とし、そこら中に散らばった麦飯を手でつかんでうまそうに食っている元三郎の姿があるではないか。「おどれ、くそたれめが、何をしくさったんぞ、不用ごろめ！」。婆さんはいつも持ち歩いている竹の杖を振り上げると、不自由なからだで逃げようとする彼の背に叩きつけた。「おどれ、何をしくさったんぢゃ！——一文も儲かるでなし、おどれのために医者にゃどれだけ銭を取られたと思ふとるんぢゃ穀潰しめ！」。杖は何度も振りおろされ、婆さんの悪態はつづいた。

元三郎が足を失ったいきさつはこうである。村の山には大きな石が転がっていた。それに目をつけたのが大阪の業者である。山の持ち主から一個三、四〇銭で買い取り、庭石として売るというわけだ。中には一個一〇〇〇円になるというものまであった。農民たちは日銭欲しさに、自分の畑を荒らしてまでその石を運び出す仕事に従事する。

だが、それは危険な仕事であった。一個の石を一〇人がかりで山から海岸まで引きずり下ろし、船に積まなければならない。不安定な桟橋の上を海に落ちないように運ぶのである。この作業中、仰向けに倒れた元三郎の足の上に石が転がってきたのだ。この大怪我の治療代に彼が稼いだ金の五倍もかかったことから、家族から厄介者扱いをされるようになったのである。

元三郎は松葉杖をつきながら丘に登った。その下には庭石を積む船が見える。丘の上には石運びをする連中が集まっていた。「おや、三本脚が行きよるぞ！」という声がする。彼は不自由な足でK町へ出た。地面に座ると、通る人々に自分の足を見せた。すると小銭を投げてくれる者がいる。元三郎はまるで見世物でもあるかのように「哀しさうに頭を下げ、泣き出しそうな表情をして施しを乞う」のだった。だが、それも長くはつづかなかった。珍しがったり、からかったりしていた者もやがて振り向きもしなくなった。それでも彼は町を歩きまわった。

彼は店舗の前へ立止ると、いつまでも三本脚で突っ立ったまゝ、そこから離れなかった。

垢と埃とに汚れまみれた彼が店さきに立っていると、店の中までが汚くなるやうに町の者は感じた。

「シッ！　行けい！」

彼等は下唇を突き出して、手でそこから追ひ払うやうにした。

だが、元三郎は、いつまでもしぶとく、立ちつくしていた。彼は裾を端折って、脛から下がない脚を店の者に見せた。そしてそれを上にあげたり下ろしたりした。

しまいには、店の者が根気負けをしてしまった。

「チェッ！　いまいましい。一銭か二銭くれてやれい！」

けれども、根気で相手を負かせる手もさう長くはつゞかなかった。

元三郎は、雨の降る中を日暮れまでさまよい歩いたが、「半きれのパン」にもありつけなかった。そして町はずれの材木小屋で一夜を明かすと山の方に向かった。

胃が痛むほどの空腹感を覚え、目まいさえ襲ってくる。その目に入ったのが、石積み出しの人夫たちが置いている弁当だった。その一つを懐に入れると彼は逃げ出したが、一町も行かぬうちに捕まってしまい木に縛られてしまう。

その話を聞いた兄がやってくる。「何をしくさったんだ、穀潰しめが！」といいながら縄を解いてやったが、「穀潰しの不用ごろが！　これから、もうよそへ出ていくことはならんぞ！……おどれは何ということをしくさったんぞい！」。兄の悪態はつづき、彼は追いたてられた。そして、家に帰り着くと、土蔵の中に押し込められてしまう。

翌日、弟にたいして腹の虫がおさまらない兄は、もっとひどい目に合わせてやらなければ、という思いをいだきながら畑仕事に出かける。その夜も元三郎は土蔵の中に放っておかれたままであった。

夜が明けると、兄は鰊粕《にしんかす》を出すために土蔵をあけ、「元よ！」と呼んだが返事がない。元三郎は俵にかじりつき、中の鰊粕を食っていたのである。兄が襟首をつかむと、元三郎はまるで自分を「殺しに来た敵を見るやうな眼で」見つめながらふるえ出す。外へ出された彼は間もなく息を引き取った。

日銭稼ぎの庭石積み出しで両足を失い、仕事ができなくなった主人公は世間の笑い者になったうえ、家族からも「不用ごろ」、「穀潰し」とののしられ、食べ物さえ与えられない。

まさに「悲惨」を絵にかいたような境遇におかれる。それでも何とか生きのびようとする主人公。その姿がなまなましく描かれる。ことに土蔵に閉じ込められ、肥料用の鰊粕を食う場面は凄惨であり、その簡潔な筆づかいが効果を高めている。

すべてから見捨てられ、幸せからもっとも遠いところで短い生を終える人物を描きながら悲惨小説に終わらなかったのは、作者の目にあたたかさがあるからであろう。それは作品の最後に出てくる「〈私〉は彼のことを思い出すごとに、××病院で手や足を切断した人達のことを考えないではいられない。今、彼等はどうしていることか!」のことばに表れている。

(『文芸戦線』一九二七年五月号)

橋本英吉「嫁支度」

キクエはまだ体調が十分ではなかったが、病床から起き上がると弁当をつめた。六時の交代時刻には間に合うだろう。寒気がして倒れそうになりながらも「タイヤのやうな強靱な忍耐力」でそれに耐えた。外は路面が凍っている。彼女は駆け出した。

この炭鉱には、鬚を生やした者は入坑させないという規則があった。坑夫には鬚の必要はない。鬚を生やしている者は、以前は坑夫以外の仕事をしていた人間だと思われるから従順さを欠くにちがいない。しかも鬚があると監督との区別がつかないというのがその理由であった。

採掘場に着くと、その暑さのために貧血を起こしたキクエは坑木に腰を下ろした。奥の方で仕事をしている父の姿が見える。娘が来たのにも気づかず、父はマイト穴を掘っている。

ヤッ！　コラコラ
嫁にやるなら町人さまへ
千両箱を馬に積み
エッサラ　エッサラ丘越へて
ゆきなんせ町人さまへ

坑夫たちが好んでうたう歌だったが、キクエの父はめったに口にしなかった。二人の娘のうち姉を町人に嫁がせて仲間をうらやましがらせただけではなく、できれば妹のキクエも町人の嫁にしたいと思っている彼にはうたいづらかったからである。だが、まわりにだれもいないきょうは、自然とこの歌が口から出てくるのだった。

「父っちゃん。」とキクエが叫ぶと、「もうお前。よくなったか？　うんうん。」と父はうれしそうにいいながら、この娘を商人に嫁がせれば安楽にくらせるにちがいないと思った。娘を持つ親たちにとっては、商人と結婚させることが「一門の栄誉」だったのである。美人の姉にくらべて、キクエは育ち盛りを坑内で過ごしたせいか、見かけはおとるが、その「忍従の美」はだれからも愛されると父は日ごろから思っていた。

翌日のことである。姉がやってきて、炭鉱が坑夫向けの日用品の販売を始めたため、自分の店が立ちゆかなくなってしまい、掛金さえ取れない、商品を取り替えるために金を都合してほしいというのである。そんな姉にたいしてキクエは、つらい仕事をしないからあんなに美しいのだろう、自分も坑内の仕事をやめたら姉のようになれると思うのだった。

キクエ親子の貯金通帳には三五〇円が入っている。二人はその置き場所に困った。畳の下に置いていたが、それも心配になり、かといって納屋に入れておいても火事のときは焼けてしまう。結局、二人で交代で持っておくことにする。坑内に入るときは父が肌身につけておき、あがってくると一服しながら娘が湯場から出てくるのを待ち通帳を渡す。娘がそれを持って帰宅すると父が湯に入るという方法であった。こうして父は「通帳で横腹を撫でられながら、福運に尾行されているやうな幸福感に浸ることが出来た」のである。

その日は一二〇尺もある煙突に鳩が「蠅のやうにたかってい」た。それを見た多くの坑夫たちは縁起をかついで坑口から引き返した。キクエ親子もよい気持ちはしなかったが、こんなときこそ余計に稼げるので坑内に入った。すると、そこに一四、五歳の子供を背負った父親がいた。子供の足は折れ、「脚絆《きゃはん》を突き破って白い脛骨の折れ口が二本の芯のやうに見え」ている。そこへ坑夫たちが丸太で作った担架を持って下りてきた。子供は出血のため泣き声を立てる気力さえ失っている。キクエ親子は茫然と立ちつくしていたが、引き返せばそれだけ日当が減ってしまう。仕方なく採掘場へ下りて行った。
父は鶴嘴《つるはし》を打ちこむ。炭塵を舞い上げながら炭層が崩れる。彼は、あの不吉な鴉の群れのことを頭から払いのけるような気持ちで掘りつづけた。そこへ小頭がやってくる。「どうじゃ、この炭塵は。水を撒け、水を。」といいながら、炭の値段が一箱三五銭から三〇銭に下がったことを告げる。不満を示す父に、「安いか。係長に話してくれ。係長が下げたんじゃから。」というと、その場から去って行った。一箱から五銭も引き下げるとは何ごとか。父の怒りは、文句があるなら係長にいえといった小頭に向けられた。そして彼はうたい出した。

小頭、小頭といふて
小頭づらするな
俺もうちに帰りゃ
七人の児頭さんよ

正月からひと月あまりキクエは床についていた。「ながしは終日凍っていた。革のように汚れた布団は炬燵《こたつ》を入れると、湯気が出て来た」。

そんなある朝、納屋の前を坑夫たちが「鋭い言葉を投げ合」いながら走って行く。女の泣き声も聞こえる。外に出てみると、焚火を囲んでいる坑夫たちのところに役人がバケツを持ってきた。中にはこまかな肉片とひと切れの耳たぶが入っているだけである。一二〇〇尺もある堅坑にとびこんで自殺したカクという娘のからだは地下水に流され、それだけしか残っていなかったのだ。

キクエはカクの自殺について思い当たることがあった。彼女は喀血していたのである。そしてそれはやがて自分にも襲ってくるもののようにキクエには思われるのだった。いくらか体力を回復した彼女は、少しは楽な仕事である選炭婦になった。だが騒音につつまれた選炭場は炭塵が舞い、それが彼女の肺をますます侵し、また病床につく。「毎日、寒かった。風が街角のやうに部屋を抜け」ていく。そんな中でとうとう血を吐く。「カクちゃんは飯粒のやうに砕けた。自分は白骨になるだろう」。そう思う彼女は希望も忍耐力も失い、憔悴していった。

病床にいてもキクエは髪の匂いが気になっていた。姉に「わしの髪が臭いだろう？」、「髪を洗ひたい」というと、返ってきたのは「嫁支度もいいが死んだら何にもならん」というこどばだった。それでもキクエは髪の匂いが気になってしかたがなかった。

作品はつぎの場面で終わる。

朝と夕方に、交代する坑夫が納屋の前を通った。キクエには、坑夫の足だけしか見へなかった。足を見飽きると、足の主の顔を見たがった。寝所の向を替えると、忽ち、足の主の顔を知り尽くした。もう寝ていて見るものは何も無くなった。

「姉ちゃん、髪が臭い……」

「い、え、ちっとも臭くないよ……」

彼女は汚れた布団の中で益々硝子のやうに透明になって行った。

炭鉱で働く親子を見事に描いた作品である。長女を商人に嫁がせたことが自慢のたねである父親。次女もそうしたいと思っていたが、炭鉱の過酷な労働のため死の床についてしまう。折角商人の嫁になった長女も商売がうまくいかず、夫は日傭取りになる。父親の思い描いた幸せは遠くへ行ってしまったのである。だが「嫁支度」の夢は、死の床についても髪を気にするキクエからは消えなかった。小さな肉片と耳たぶだけになってしまったカクの姿とともに、何とも切ない読後感が残る。当時の炭鉱労働者の典型を描いた作品であるといえるだろう。

（『文芸戦線』一九二七年七月号。作品はすべて復刻版〈日本近代文学館〉によった）

第Ⅱ部　戦前2

徳永直「戦争雑記」

日露戦争にまつわる思い出を描いたこの作品はつぎのように書き出される。

日露戦争がどんな理由、如何なる露国の、日本に対する圧迫、陵辱に依って、日本の政府が、あの如く日本国民を憤起させ、敢て満州の草原に幾万の同胞の屍を曝させたかは、当時、七歳にしかならない私に分りようがなかった。

ただ、

「ロスケが悪いのだ、赤鬚が悪いのだ」

ということを、村長さんや、在郷軍人分会の会長さんによって、村人の特に若い青年を憤起させ、膾炙《かいしゃ》せしめたから、私達小児まで、

「ロスケの赤ヒゲ、クロパトキン」

と、廻らぬ舌で怒鳴り歩いたのだ。子供同志の喧嘩にも、
「ナンダ、このロスケ……」
と言えば相手を十分に侮辱しうるほどの、悪口の一つになっていたものだ。

そんなある日、珍しく父や祖父、叔父たちがいっしょに酒を飲んでいる。父が酒を飲むのを見るのははじめてのことであった。それは父が出征することになったからである。「父はロスケを征伐にゆくのだ」と〈私〉は思った。二、三日たつと父は家からいなくなった。残された母は、四人の子供を養うため連隊の兵士たちが食べ残したものを兵営にもらいに行き、近所に分けてやったり、買ってもらったりして日銭を稼いだ。それ以来、〈私〉の家では新しい飯を食べることはなくなったのである。

小学校に入ると軍歌ばかり教えられ、担任が「戦争というものが、どんなに尊いものか、人間と生まれて戦争にゆかないものは、不具者にも劣る者だ」と話すとき、〈私〉には父が戦争に行っていることが誇らしく思えてくるのだった。

ある日の朝のことである。校庭に集められたみんなの前で、出征軍人の子供たちが感想をのべることになった。私は担任に暗唱させられたとおりのことを言った。「私の父は、陸軍輜重兵第六大隊、輜重輸卒、徳永磯吉であります」。このとき上級生のあいだから小

さな笑い声が起こる。〈私〉にはその理由がわからなかったが、三年生の姉が家に帰ってきて、「直がシチョーユーソツなんて云うから、皆から笑われた」といって悔しがるのを見て、輜重輸卒が兵隊の中でいちばん下の役目だということを知る。

村からも多くの人びとが出征して行く。叔父も戦地へ出て行った。子供のいない叔母は〈私〉の家に同居するようになり、竹箸を削る内職を始める。母は相変わらず残飯担ぎをつづけていた。

そのころ子供たちの遊びは戦争ごっこであった。また「ウチオコシ」も流行《はや》った。戦勝のニュースがしばしば号外で知らされたが、一方では戦死の知らせも相次ぎ、従兄も死んだ。母と叔母は「狂人のように」団扇《うちわ》太鼓をたたきながら「南無妙法蓮華経」のお題目を唱え、叔父の無事を祈るのだった。奉天陥落のときには学校は校長の訓話だけで休みとなり、村では鎮守の神にお神酒などが供えられた。

〈私〉が自分を村で最下層の貧乏人の子であることを意識するようになったのは七、八歳のころである。「残飯食い」といわれ、自分よりも弱い子供たちからもいじめられるようになったのだ。父が帰ってくればきっと金持ちになるだろうと、それだけを考えながら一人で遊ぶことが多くなっていった。

そんな〈私〉にも好きな女の子ができる。村の旧家で金満家の一人娘であった。二人はほかの子供たちにかくれて遊ぶようになるが、彼女の家の小屋で遊んでいるところを見つかり囃したてられる。そのとき彼女は犬をけしかけて彼らを追っぱらってくれた。しかし二人の間は一年ほどで遠くなっていった。貧富の差がわかりはじめたのである。

父と叔父が帰還した。家では三日間も凱旋祝いが行われ、村長までやってきてねぎらいのことばをかける。これまで見向きもしなかった村人たちもお祝いにやってくるのだった。

従軍手当としてもらった一五〇円の一時金を元手に父は馬を買い、荷馬車挽きを始めるが、戦後の不景気のため仕事はほとんどなく、馬の食い扶持が増えただけであった。父が帰ってきたら金持ちになれるという期待は、こうして裏切られてしまう。四年生になっていた姉は、年齢を偽って煙草専売局の女工として働きに出ることになった。一里も離れた専売局まで毎日通い、「汚れた弁当包みを小脇にして、夕暮方」にいそいそと帰ってくる。一六銭の日当をもらえるのがうれしかったからだ。

三年生になり、成績もよかった〈私〉は、母が赤ん坊を生み、子守をしなければならなくなったため、学校を休みがちになっていく。だが教科書をはじめ本はよく読んだ。中でも講談本が好きで、大人たちに読んで聞かせるほどの講談通になったのである。

この〈私〉の家には生涯忘れることのできない何人かの人がいつもいた。その中の一人が熊さんである。彼は片腕がなく足も不自由だったが、あちこちの家の手伝いなどをして残飯を買う金を稼いでいた。夜は我が家の土間で犬といっしょに寝るのである。そんな彼もかつては日清・日露の戦争の勇士で、片腕を失い、足を負傷したのも、そのときのことであったという。不具になった代償が一個の勲章と一〇〇円余りの一時金であったが、それもなくなり、今は残飯を食う身である。そのためか、彼は「極端な戦争否定論者」であった。

日ごろ無口な熊さんが、父に戦争の話をしていたのを聞いたことがある。それは戦闘で傷つき、泣き声をあげながら退却してくる味方の中隊と遭遇したときの話である。最後に「なまじっか生きとるよりか、戦死した方がよっぽどようございました」といいながら涙を流すところで作品は終わる。これが歴戦の勇士の今の姿だったのである。

「戦争雑記」は日露戦争にまつわる少年期の思い出を書いた自伝風の作品であり、「雑記」とされているように、さまざまなできごとが数多く綴られる。残飯担ぎをして生計をたてる母、四年生のときから女工として働く姉、一時金で馬を買い荷馬車挽きを始めるが失敗する父などを通して、極貧の一家の姿が描かれていく。そんなくらしの中でも「恋人」ができたり、講談通となる主人公は、たとえ「残飯食い」と蔑《さげす》まれてもたくましく生きていくのだった。そこには〝暗さ〟はあまり感じられない。

しかし、戦争にたいする作者の眼はきびしい。勝利の報に沸く一方で、村の戦死者も増えていく。従弟もその一人であった。

ことにつぎの場面は印象に残る。

多くの出征兵士とともに叔父を乗せた列車が村はずれの停車場に着く。そこには叔母をはじめ祖父や母が待っていた。列車の窓には多くの顔があり、どこに叔父がいるのかわからない。やっとその顔を見つけた叔母は窓にしがみつき、ことばを交わしていたが、列車は動き出す。それでも叔母は離れようとしなかった。とんできた駅員が「後ろから引き下ろした。叔母は泣いていた」。

（一九二五年執筆。初出は『資本家』〈プロレタリア小説戯曲新選集〉一九三〇年。「日本プロレタリア文学集」24〈新日本出版社〉所収）

平林たい子「朝鮮人」

これは日本の統治下にあった時代の貧しい朝鮮人一家を題材にした、掌編といってもよい短い作品である。

旱《ひでり》が続くと、鉄の様に横たわって地面近く迫って来る空の表面で太陽の輪郭が向日葵《ひまわり》の様にはっきりする。白土のうえに繁殖している京城の町はからからに乾き上がり、古風な甍造りの屋根庇《びさし》の四隅ははぜくり返った様に余計に吊り上がって見えた。乾燥は次第に地の底まで浸透して井戸水が涸れてはじけた。

このような水不足のために朝鮮人たちは、竜山の郊外の大部分を所有している伊沢土地会社の社長宅の門の外にある大井戸に水を汲みに行かざるをえなかった。ところが会社はそれをさせないために井戸のまわりに柵を作り、「蟹のような南京錠」をかけてしまったのである。朝鮮人の女たちは社宅の石垣の隙間から流れ出る排水で洗濯をしなければならなくなった。

夕方になると社宅の「小使」が庭に水を撒くために井戸の錠を開けにやってくる。その時期をねらって頭に水甕をのせた女たちが集まってきて水汲みの順番を待つのである。金春実もその一人であった。四人の弟がいる彼女の父は四年前の警察署爆破事件で懲役一五年の刑で服役中であり、母は塩の行商で「毎日体中に日本人の痰の様な罵声を浴びて帰って来る」のだった。

井戸のそばでは「小使」が怒鳴っている。

「おや、先刻も汲んで行ったじゃないか。二度も来るなんて図々しい奴だな」

その女は「哀号」と叫び、殴られないために身をひいた。そんなとき、金春実は言い返すのだ。

「幾度汲みに来たっていいじゃないか。もとはこの井戸は一人のものじゃなかったよ」

金春実の順番がきたときである。

「一寸待て。貴様が先刻どなった言葉を今一度言って見ろ」

「小使」は釣瓶《つるべ》の綱を握りながらいった。金はいい返す。

「水が要るのは日本人ばかりじゃないよ、って言ったんだよ。それが間違っているかい」

するとと「小使」は殴りつけ、倒れた彼女の持っていた甕も割れてしまった。

相変わらず日照りはつづいた。そして井戸の柵には南京錠が「噛みつい」たのである。

そんなある夜、金が日本人街へ行ってみると、塀には「朝鮮人の入浴お断り」と書いた紙が貼ってある。ここ数年、そんな貼り紙などなかった。それは「万歳事件」による朝鮮人にたいする恐怖のためであったが、「白色テロで有名な将軍上がりの総督が赴任して来てから」このような状況が露骨に出てきたのである。

また、塩と煙草が専売になり「急に高くなった棚の様に」値が上がるとともに、金の母親の塩の行商もできなくなっていった。一家は父の弟をたよって元山に向かう。そこには父親が入れられている監獄があった。元山に着いて彼らが見たものは、「無数の日本人のあの憎むべきオレンジ色の顔であ」り、「何の苦しみもなさそうに白いカラーの上に乗った顔」であった。その歩き方は「魚の様に狭く鋭く」て早く、その光景は京城と全く変わらなかった。

金春実は、まだ一一年の刑期が残っている父の「長い真黒な年月」の重さを感じ、「古縄の様な一家」の行末を思い描いていた。

床に蓆《むしろ》を敷いただけの貧しい叔父の家は、金一家の六人をいっぺんに抱え込むことになった。彼女は日本人の経営する工場の女工見習として働くことになる。町を通り抜けると、「枝になってすんなり岐《わ》かれた道の行く手に赤煉瓦の高塀が崖の様に立って、遮断してい た」。そこが父のいる監獄だったが、その前は通れないようになっていた。紡績工場への道はそこを迂回するように通っている。

早く工場へ行って自分の仲間を探したいという一心で金は走り出す。工場へ着くと日本人の婦人師範工から呼ばれた。身体検査だ。

「身長、平均身長以上、胸囲身長の半ば以上、視力、両眼とも一・〇」

秤り台の上から、ふと統計表を覗きこむと「備考朝鮮人」と書かれていた。健康状態も体格も普通であるのに、なぜ「朝鮮人」と記入しなければならぬのか……。

「織布整理部」と書かれた部屋の前に行くと「見習女工心得」という紙が貼ってある。それにはこう書かれていた。

「見習期間の日給、日本人五十銭、朝鮮人三十銭」

金春実が帰宅すると、牛を真ん中にして叔父と叔母、それに一人の日本人が立っている。日本人は言った。

「駄目だ。こんな虐待する所にゃ牛はあずけて置かれん。貸さないだ」

二年間の約束で貸していたのを一年間で取り上げようというのだ。仔牛は一年もたてば親牛の値段で売れるため、二年間待つより都合がよかったのである。叔父夫婦は哀願するが、日本人はそれを聞こうとはしなかった。仔牛は一年目は役牛として役に立たない。餌を与えて育てるだけで、二年目からやっと役に立つようになる。それを早く金に換えるために取り上げようというのだった。叔父たちにとっては泣くに泣けない気持ちだったが、相手は日本人の金貸しであり、どうにもならない。

そのとき金はいう。「育て料をもらえばいいじゃないか」。この言葉に怒りを表した日本人は、「こら、この畜生、立たんか、こら」と「岩の塊の様に倒れてい」る牛の首を蹴った。叔母は「よして下さい！　そんなむごい事は」といいながら日本人を抱き止めようとする。「牛は、何も知らない様に人間をじろじろ見ていた」――。

作者が「満州」、朝鮮を放浪したのは一九二四年の一月から秋にかけてであり、「万歳騒ぎ以来の数年は……」とあることから、この作品に描かれている時期は一九二〇年代半ばと思われる。

警察署襲撃事件で服役中の父を持つ主人公の金春実は、日照りつづきのため水不足にあえぐ朝鮮人にたいして、以前は共同で使っていた井戸水の使用を制限しようとする日本人社宅の「小使」に抗議するほどの気の強い女性だが、塩の行商をしていた母親の仕事は奪われ、生計の道が閉ざされてしまう。彼女の六人もの家族がころがりこんだ叔父夫婦のくらしは、その貧しさに輪をかけることになった。

金は女工見習として働きに出ることになるが、ここでも差別はついてまわる。同じ仕事をして賃金は日本人女工の六割だった。叔父夫婦も仔牛のことで日本人の金貸しに痛めつけられるのだった。

金の父親の投獄、塩の専売、貧困、井戸水使用の制限、銭湯締出し、賃金差別、強欲な日本人の金貸し……。作者は植民地朝鮮の実態を金一家の日常生活を通して描き出すことにより、日本の植民地政策を告発したのである。

このような差別の中でもたくましく生きていく主人公の姿には痛快さを覚える。なお、結末の場面は印象深い。

（初出は『文学時代』一九二九年一二月号。「日本プロレタリア文学集」21〈新日本出版社〉所収）

立野信之「泥濘」

冷たい霧雨が夕闇を伴って迫ってきた。

松林は燻銀《いぶしぎん》色に煙り、静に、地を這《は》う暮色と溶け合った。四辺には、湿っぽい松脂《まつやに》の匂いが漂いはじめた。

「泥濘」はこのように書き出される。

この夕闇のせまる中、馬に乗った将校の一団が現れる。「マントの下に隠顕する赤い敷布」から、その一行が佐官級以上の将校たちであることがわかった。彼らはまるで物見遊山でもするかのようにゆっくりと街道に下りてくると、一人の佐官が人家の前に立っている通信班の中尉に尋ねた。「電話はよく通ずるかね?」。中尉は答えた。「はッ。非常によく通じて居ります!」。

中尉は家に入ると、通信兵に「見給え、あのご老体ですらも、この雨の中でも兵隊と行動を共にしておられるんだ！」と、ありがたく思えといわんばかりの調子でいった。これを聞いた宍田は「兵隊と行動を共にしているって？　そりゃ中将としてだろう。ええ？それとも一兵卒としてかね」と思ったが口には出さなかった。

外は相変わらず雨だ。「畜生！　まるで意固地になって降りやがる……」。宍田はつぶやいた。「昨日も雨、今日も雨、明日も恐らく雨だろう。そして何時も暗と泥濘が鼻の先に在るんだ。昨日も、今日も、そして恐らく明日も……」。

そこへ高木が現れ、電話器の故障を告げる。修理を始める二人を叱りつけ、代わって電話器をいじっていた中尉は故障が直らないため放り出してしまう。そして兵士たちをどなりつける。「もし電話の故障が師団長に知れたら貴様らは営倉行きだ」と。やがて中尉は、輜重兵に命じて松林につないであった馬を引っぱってこさせた。

宍田たちのところへ「無気力で、夢遊病者のようにふらつく長い胴体を持ち運ん」できた輜重兵は、刀をなくしたという。それを聞いた宍田は兵隊が刀をなくすなどとんでもないことだとなじった。これにたいして輜重兵は強い調子でいい返す。

「――じゃ、君だったら失さんとでも云うのか……？　いかにも上等兵の云いそうなこった。（略）だが、考えても見給え、三週間に近いこの演習間、俺達がどんなに××××

×。俺たちゃ馬よりも×××××を受けているんだぜ。それが君は解らないのかね。……道具だってひどい扱いをされりゃぶっこわれるんだぜ。見給え。君だってすでに壊れた道具じゃないか……」

宍田はこの言葉を聞き、自分が恥ずかしくなった。

輜重兵はさらにつづけた。俺たちは馬の世話のために夜も眠れないのだ。えらい奴は気分次第で「足元から鳥が飛び立つように」いきなり移動命令を出す。そのためにいつでも出発できるように馬の準備をしておかなけりゃならないので、休むひまなどありゃしない。そんな忙しさの中で刀をなくしたんだ。君は刀を軍人の魂というだろう。俺だってそう教えこまれてきた。「だが俺に、その魂さえ忘れさせたのは誰だ。俺に刀のことなんか考えるひまがなかったんだぜ……！」。

輜重兵は一気にたまっていた不満を口にすると、筵の上に腰を下ろした。そのからだは疲労のため、まるで「借り物のようだ」った。「重苦しい沈黙」が覆う。「昨日も今日も明日も、俺たちは鎖を引きずって往く、何処へ！」、「幾百万の鎖につながれている兄弟が暗と泥濘の中を往く」のだ。この鎖を断ち切らない限り、兵士たちに「光明」は見えてこない。

気恥ずかしくなった宍田は「おい。俺はそんなつもりで云ったんじゃなかったんだ」といったが、それにたいする返事はなく、彼の口から出たのは「営倉を食うにきまってるんだ」の一言であった。高木は「あいつの境遇は俺達兵卒全体に通ずる境遇だ。あいつを処罰させせない方法はないだろうか……?」と呟いていた。

そこへ二人の小柄な輜重輸卒がオドオドしながらやってくる。「鶴田古年兵殿は居りませんか」。その声に輜重兵が応じると、二人は馬が病気だという。「打捨《うっちゃ》っておけよ」といいながらもその容態を尋ねると、突然馬が倒れたというのだ。「胃痛だ。畜生！　あんまり使いすぎたせいだ。仕方がない、松の木に突っぱって立たして置け！」と命じ、びっくりしている二人に「それでいいよ」といった。だが二人は、それでは可哀そうだから見てやってくれと頼む。

このことばが「胸に食い込んだ」輜重兵は立ち上がるといきなり二人を殴りつけ「吠えるような叫び声」を出した。「――行け！　馬が死んだってお前等の罪にはしない。俺が責任を負う。大丈夫だ。安心して死ぬのを見てろ！　死なせるのは俺達じゃないんだ。ほかに居るんだ。ほかに……！」。

古年輜重兵にそういわれて「気恥ずかしくなった」のか、二人の輜重輸卒は逃げるように闇の中を駆けて行った。――

軍隊という組織の中で、いつも犠牲になるのは下級の兵士たちであることを、彼ら自身の思いやことばを通して抉り出そうとした作品である。それは人命より馬のほうが大事にされる世界であった。

兵士たちの上官への内心の抵抗と批判が作品の主軸となっている。たとえば、「ゴム引きの防雨マントを被り」膝には布をかけ、巡察にやってくる師団長への宍田の批判は、口にこそ出さないがきびしく、一兵卒として行動をともにしているわけはないだろう、というほど冷ややかでもある。また、師団長の巡察に右往左往し、感謝することを強要する中尉も、その俗物ぶりが皮肉をこめて描かれる。ここに作者の軍隊という階級制度に貫かれた組織にたいする批判を見ることができよう。

輜重兵を「馬卒」と呼ぶ中尉に「馬卒ではありません。輜重兵であります」と言い返す鶴田の批判はことにきびしい。軍人の魂と教えられてきた刀をなくした彼をなじる宍田に反論する部分は、日ごろのうっぷんを一度に吐き出した感じさえうける。俺たち輜重兵、いや兵卒はみんな生きた道具ではないか、道具はいつか壊れる、壊れたら捨てられる、それが俺たちの運命なんだ、といわんばかりの不満を投げつけるのだった。この箇所に伏字が多いのもわかる。

さらに鶴田は、馬の病気を告げにきた二人の兵卒に馬など放っておけといい、それに不平の気持ちを示した彼らを殴りつけ、突き飛ばしてしまう。それは葉書一枚で集められる兵卒より馬を大事にする軍隊への不満の爆発だったのであろう。

「上官の命令は朕の命令」という帝国軍隊が、内部では不平不満の充満した世界であったことを物語っている作品でもあり、その実状を暴露した反軍小説の一つといってよい。

作品には場所が明示されていないが、「一隊の斥候兵が駆けて行った」と書かれており、戦地であることはわかる。そこでの兵士たちの苦悩を描くことによって、作者は軍隊の非人間性を告発したかったのであろう。「昨日も雨、今日も雨、明日も恐らく雨だろう」。そこにあるのは「泥濘」である。その「泥濘」は行軍を困難にする「泥濘」であるとともに、日本軍隊そのもののことかもしれない。

（初出は『創作月刊』一九二八年五月号。「日本プロレタリア文学集」15〈新日本出版社〉所収）

橋本英吉「少年工の希い」

せまい留置場には、小西と寺内の二人しか残っていなかった。ほかの仲間たちは二、三日留められただけで釈放されたからである。彼らはK印刷工場の争議で検挙されたのであった。

争議は「活動分子」を馘首しようとしたため起こったのだった。ストライキに突入すると会社側はロックアウトを行い、全員に解雇通知を発送するが、それが争議団によって送り返されると、七月一日にはロックアウトを解くから出勤してもらいたい、もしそれに応じない者は退社したものとするという提案をしてきた。切り崩しをねらったのである。

これにたいして争議団は、前日の夜から一日の朝にかけてピケを張った。三〇人ずつ一時間交代で見張りを行い、早朝には三一〇〇人を動員することにした。ところが午前三時ごろから警官による検束が始まった。「争議は資本家相手であったにも拘わらず、いつも官憲のために精力の三分の二が奪われるのだ」った。検束者の数も増えていく。

夜が明けはじめたころ、ピケ隊に見つかり逃げ出した一人の職工が、ぶつかった屋台とともに溝に落ちてしまう。このできごとをきっかけに大がかりな検束が行われ、通行人まで引っ張られていった。五時ごろになって、警官隊に守られたスト破りの連中が近くの寺に入ったため、三〇人ばかりの争議団員が押しかけ、もみ合いとなり、また多くの検束者が出る。

留置場にはもう電灯がついている。呼び出された小西は特高課の部屋に連れて行かれた。「ストライキはうまく行っているらしいんだってね？」。主任は話しかけたが、話に乗せられるのを警戒して、小西は「そうでもないさ……」とだけ答えた。「会社も会社だね。早く解決しなければ僕らだって堪らないし、つまりお互いの損なんだよ」。主任は何とか小西のことばを引き出したいのか、しゃべりつづけるが、乗ってこないとみると、ポケットから一〇円金貨のメダルを出して「珍しいだろう」といって小西の気を引こうとする。小西は、そんな金など俺には縁がないとつっぱねた。この金貨のメダルを見せ、話のきっかけをつくるのが、この主任のいつもの手だったが、小西はそれに乗らなかった。留置場へ戻されたが、争議団が押しかけてくるのを恐れた警察は二人を釈放する。警察署を出た二人はそのまま雨の中を工場へ向かった。

鉄の扉は閉められたままで、窓から見える輪転機には布がかけられている。工場の機能は停止していたのである。二人は争議団本部へ行き、眠っているところを、幹部会の会議から帰った長田に起こされた。彼の報告によると、会社側は、ストライキが始まると親元に帰していた三〇人ほどの少年工をこっそり自動車で工場へ連れ戻そうという計画だというのだ。スト破りである。

このK印刷工場には一二、三〇人の少年工がいたが、彼らは工員ではなく「生徒」として寄宿舎に入れられ、日曜日以外は外出も自由にできず、現金も月に三円しか渡されない籠の鳥であった。そんな少年工の中にも労働者として目ざめていく者がいて、争議団に激励の手紙を出したりしていたのである。

一人の少年工から電報が届いた。「コンヤ一二ジ　ジ　ド　シャデ　タツ」というのだ。長田は、それを阻止するためにピケを張るので、小西たちに自動車の見張りを頼むというのである。たとえ少年工たちであっても工場へ入れたらストは失敗に終わる。どうしても防がなければならなかった。

小西たちが待機している深夜の道を何台もの車が走って行くが、少年工たちを乗せた自動車はなかなか来ない。まちがいの電報ではないか、トラックにでも乗せられて行ったのでは、深夜を避け早朝に変更したのでは……などの思いが強くなっていく。そのうちに空が白みはじめた。

　二つの光が見えたのはそのときである。自動車は一台ではないようだ。小西たちは何か障害物になるものはないかと近くを捜し、百姓家から荷車を持ち出すと、道路の真ん中に置いた。そこへ三台の車が停まった。中からドアを開けた会社の人間らしいのが叫ぶ。「君達は交通を妨害するのか！」。その男が車から引きずり出されると、少年工たちが歓声をあげて出てくる。彼らは「新しい勇気を感じながら行進し」はじめたのである。――

　これは、徳永直の「太陽のない街」に描かれた共同印刷争議の一コマを作品にしたものであり、少年工を使ってストの切り崩しをねらった会社側の計画が、争議団によって失敗に終わるという話である。

　この作品には悲壮感といったものはない。それどころか、官憲や会社側のやり方を適当に笑いとばすというような痛快ささえ感じられる。これも労働者の革命的楽天性からくるものであろうか。

　たとえばその一つが留置場の場面である。ほかの連中が釈放されたあと、小西と寺内の二人だけが残されるが、このせまい「豚小屋」も彼らにとっては必ずしも居心地の悪いところではなかった。大声で話したり、横になったりしても、看守は注意もしなくなった。夕方になると「とって置きの運動」を始める。それは「手足を壁と壁とに突張って、身体を中間に支えながら窓の高さまで昇って行く」というものだった。高い窓からは外の景色を見ることができる。看守もそれをとがめはしなかった。こうして一時間半ほどの運動とレクリエーションをかねた時間を過ごすのである。まるで留置場ぐらしを楽しんでいるかのようであった。

また、警官隊との衝突の場面は何ともユーモラスである。

「検束しろ!」

警部が怒鳴った。が直ぐに警官も手を出そうとはしなかった。

「こいつを検束して終え!」

警部が真先に飛び込んで来た。が警部は腰に吊したサーベルを捻じ上げられて倒れた。職工の大きな図体が背負投で地響きをうって倒れた。制帽が黒い鳥のように舞い上がった。彼は門外まで逃げた。後から追われながら四五人従いて来た。勢い込んでぶっつかってきた制服を横からヒョイと小づくと、拍子で白鳥のように溝の中へ飛び込んでしまった。一旦外まで逃げ出した連中もまた、被検束者を奪い返すつもりで、波のように押し戻してきた。

この作品で注目したいのは、前近代的な手段で少年工を管理し、彼らをスト切り崩しの道具に使おうとした会社側の姿を描くことによって、資本のなりふりかまわぬやり方を告発したことである。彼らを「生徒」として扱い、上役を「先生」として敬礼までさせる。そして、精神訓話として「ヤソの説教」を毎晩聴かせることによって労働者としての意識をそぐための徹底した少年工教育……。

しかし、これらの人権を無視したやり方は少年工たちの不満をつのらせ、かえって職工とともにたたかおうという気持ちを高揚させていくことになる。「少年工の希い」は、労働者としてストライキの戦列に加わることだったのである。

（初出は『戦旗』一九二九年九月号。「日本プロレタリア文学集」32〈新日本出版社〉所収）

谷口善太郎「三・一五事件挿話」

三・一五の弾圧の嵐は京都でも吹き荒れ、「プロレタリア運動に関係あると見られる人間の住家、事務所は火事場のように荒しまわされ、一〇〇人に近い労働者、農民、学生が検挙」された。

この事件の日の朝、村山秀夫も寝ているところを襲われる。弾圧を警戒して、いつもは友人と「隠れ家」に寝泊まりしていた彼は、この日に限って自宅に泊まっていたのである。病気の次女のことが気になり、久しぶりに家に帰った彼は、戦場を離れた兵士のようにぐっすりと眠ってしまっていたのだ。そこを刑事たちに襲われる。「ものすごい音響を家の前方に聞いて目を覚ました。ハッと思って飛び起きた時はすでにおそかった。数人の刑事隊は蹴倒した表戸を踏み越えて泥靴のまま彼等の寝室へ踏み込んでいた。有無はなかった」。

取り押さえられた村山は、「馬鹿野郎！　何だ仰々しい。用事があればいつでも行ってやる。馬鹿野郎！」と腕をねじ上げられたまま刑事たちに向かって怒鳴った。その様子を見ていた妻は泣き出してしまう。

外に連れ出された村山は三人の刑事に前後を見守られながら歩いて行く。捕縄はかけられていない。足に自信のある彼は隙をねらって逃げ出した。「走った！　走った！　闇をついて神社の境内から裏町へ、裏町から露地へ、竹藪の間を、建築中の家の横を」。

やっと工場地帯にあるうどん屋の二階にある「隠れ家」へ行ってみるが、そこも危険だった。三日間は友人の家を転々とするが、今度の検挙は大規模なものであり、国内にいてはとうてい逃げおおせるものではない。国外へ逃亡するほかなかった。国外脱出を図る場面は、作品の冒頭でこのように描かれる。

一九二八年三月十九日の早朝だった。京都市郊外山科町のまだ暗い停留所から、京津電車の大津行に乗った見すぼらしい洋服男があった。彼は年頃三十歳位だろうか、洋服を着、鬚をはやしてはいるが痩せて垢汚《あかじ》みていかにも貧相である。（略）電車が停留所に停まると、彼の痩せた眉宇に鋭い感情が閃き、動き出すとそれが晴れた。ほとんど一分おき位に銀の腕時計を見つめるところなどを見ると、一刻も早く大津市へ行こうとしている者か、または一刻も早く京都方面を立ち去ろうとしている者なのだろう。

こうして京都から下関、そして関釜連絡船で朝鮮に渡り、満州まで逃れようというのだ。下関までやっとの思いで着いたが、そこにも私服刑事たちの目が光っていた。彼らは三・一五の弾圧の網をかいくぐって逃亡する者を見張っているにちがいないと村山は思った。まちがいなかった。見覚えのある神戸の若い同志がその網にかかり連行されて行ったのである。

釜山に着いても厳戒態勢は変わらない。釜山から京城までの一一時間、それは緊張の糸のゆるむことのない長い時間であった。旅行の経験のない村山にとって、その不安も重なってくる。

京城に着くと、三〇前後の婦人が乗りこんできて彼の前の席に座った。その婦人は奉天まで行くという。何と好都合なことだろう。二人は打ちとけて話し合う間柄になった。

夜も更け、疲れた村山が一眠りしていると、突然肩をたたかれた。ぼんやりした彼の目に映ったのは三人の特高ではないか。二人は車掌室へ連れ込まれた。村山は「おれの旅もこれでおしまいか」と観念したが、それは思い過ごしであることがすぐわかった。この婦人は、京城のある料亭の酌婦で、情夫としめし合わせ、前借金を踏み倒して逃げてきたのである。村山はその情夫と思われたのだ。特高は彼を追及するが、作り話をしてやっとその場を切り抜けることができた。

鴨緑江を越えるとやっと落ちつき、心に多少のゆとりができると、彼は家族のことが気になりだした。あの特高に踏みこまれた一五日の朝のことが思い出されてくる。事情を知らない妻は「当惑の中にも安心のある顔つきで」私を見送ったのだったが、やがて実情を知ったら、どんなに悲嘆にくれ、絶望することだろう。自分がこの運動を始めて五年になるというのに、妻にはそのことが理解できなかった。女中奉公以外に経験のない彼女に理解せよといっても無理なことだろうと村山には思え、そのことがなおさら不幸にするのでは、と胸が痛んだ。

さらに彼の心を痛めたのは二人の子供のことだった。これまで仕事と労働運動のために一日も子供たちと楽しく過ごしたことはない。そのような生活とは縁を切ってきたのだ。きっと子供たちは父を恨んで育ったことだろう。忸怩たる思いになったが、きっと明るい朝がくる。「個人的な悲しみや、辛さや、不幸は、偉大なる歴史的事業の前にしのばねばならぬ」と思い直す。

車内を見廻した彼の目に入ったのは「打ちひしがれた植民地民衆の旅の姿」だった。そのとき、重大なことに気づく。今ここにいるのは「妻子と共に戦場まで捨てて来た」ということではないのか。自分の行動が戦線離脱になることに気づいた彼は愕然とする。

治安維持法の前に踏みとどまって、あくまで戦い進むことにこそ意義があるのではなかったか。だのにおれは逃げ出した。何のために？　運動を死守するためにではなく、自分の身を守るために！　何ということだ！

弾圧を逃れるためとはいえ、大事なときに国外脱出を図ることは裏切り以外の何物でもない。日本に帰り、「弾圧の中を切りまくろう。運動はそれを要求しており、妻子はそれで犬死にから免れる」。そう決心すると村山はつぎの駅で降りる用意をした。

一年のちの四・一六の弾圧によって検挙された者の中に、村山秀夫の名前があったことはいうまでもない。――

三・一五事件を真正面から取り上げた代表的作品が小林多喜二の「一九二八年三月十五日」であることは周知のことだが、この作品は事件にからむ一労働者の姿を「挿話」として描いたものである。

三月一五日の早朝、官憲に踏み込まれ連行される途中で主人公は逃亡。国外脱出を図り、京都から下関へ向かう。この緊迫した場面をサスペンス小説風に描く作者の筆は、新人とは思えないほど達者である。

京城から奉天へ向かう汽車の中では、酌婦の情夫とまちがえられたが危うく難を逃れ、鴨緑江を渡ることができた。しかし、主人公の心境に大きな変化が起こる。この重大な時期に国外へ脱出することは自己の安全のためのたたかいの放棄であり、戦線離脱である。仲間たちへの裏切り行為ではないか。

このことに気づいた彼は、戦列に復帰することを決心し、日本へ引き返すことになる。労働者に戻ったのである。三・一五事件の渦の中に巻きこまれた一労働者の行動と心情を描いて見事、というべき作品であろう。

（初出は『戦旗』一九三一年六、七月合併号。「日本プロレタリア文学集」29〈新日本出版社〉所収）

槇本楠郎「村の医者」

　小田精一は、野良着に羽織をひっかけると大急ぎで健太郎の家に駆けつけた。そこでは近所の者が集まって右往左往している。集まってくる子供たちを追い返す声、大声で話している女房たち。家の中からは、それらの声に混じって妊婦の「病獣のような呻き声」がひっきりなしに聞こえてくる。

　容態を尋ねる小田に、松五郎老爺は危険な状態だといい、二度も医者を呼びにやったが来てくれないのでお前が行ってくれと頼む。小田は二つ返事で引き受けた。ほかの連中は荒神様へお百度踏みに出かけてしまう。妊婦の容態は悪くなるばかりだった。

　屋内からは一種異様の、風呂垢のような悪臭が漂い出し、むうんと気色を悪くした。病獣のような重々しい、不気味な切なそうな妊婦の呻き声は刻々に高まり、ヒイヒイと喚いたり泣いたりする。バタバタと手脚を動かすかと思うと、すぐまたウーンと死人のようにウン伸びる。陣痛の苦悶である。

なんと長い陣痛であろう。健太郎の妻お貞は三人の子供を産んでいたが、「ほんの二三時間の陣痛で、いつも隣の人でさえ知らないうちに」産んだのに、今度は陣痛が始まって二昼夜もたつのに生まれてこないのだ。羊水は出てしまい、「から児」になって母体を苛《さいな》んでいるのである。このままでは妻のからだも危ない。健太郎はなんとか赤ん坊を押し出すために、両足で彼女の腰をしめつけ、「絞り上げ」ようとするが効き目はなかった。医者を呼ぶしかない。だが、二度の使いを出したがまだ来ないのである。

小田は、今度こそ首に綱をつけてでも連れてくるといって駆け出した。いつ峠を越えたかも記憶に残らないほど走った。「彼の耳朶では風が鳴りその耳底では健太郎の言葉とお貞の悲鳴とのみが唸っていた。そして眼には健太郎の男泣きと、お貞の悶転、それにあの蒼白い合掌とがまたしては盲膜にチラつ」くのだった。走りながら小田は思った。もし医者が来なかったら告訴してやる、と。

医者の家までは三〇丁もある。途中で二度目の迎えに行った二人の男と出会う。彼らによると、医者は島田の旦那の子供が大病だというので往診に行っているという。小田が島田の家に着き、女中に子供の様子を尋ねたが、たいしたことはないらしい。そこですぐ医者をこちらへ寄越してほしいと頼む。

離れ座敷では島田の隠居が医者を相手にお茶の自慢話をしていた。女中はためらっていたが、思い切って中に入り小田のことばを告げると、医者は「やあ、また来ましたか？いや、行きますよ」といい、子供を診るために寝ている部屋を訪ねるが、家の中をさがしてもどこにもいない。外を遊びまわっていたのである。女中がやっと連れ戻すと、医者の診察をいやがり、わがままいっぱいの振る舞いをするのだった。

小田は医者を連れ出し、歩き出した。季節は春だが、彼らにはその景色など目に入らない。急がせる小田に医者は閉口したが、それにかまわず「今日だけは失礼ですが、僕は先生の首に綱をつけて、尻を叩き上げるつもりで急いでいるんですぞ！」といって追い立てるように歩かせる。小田は、島田の家で時間を無駄にしたことに責任を感じていたのである。どうか健太郎の妻お貞が生きていてくれるようにと祈るような気持ちだった。

「あの細い手をわななかせながら、神仏にさえ滅多に捧げた事のない心からの合掌を手向けて頼んだ瀕死のお貞！　ハラハラと男泣きに泣いて頼んだ其夫の健太郎！」。その姿が小田の脳裏から離れない。今のおれにできることはこの医者を一刻も早く連れて行くことだだと思った。

小田は医者の腰を押しながら坂を登った。峠からは健太郎の家が見える。峠を半ば越えたときである。「先生、待った？」というと小田は突然立ちすくんだ。「先生、とうとう駄目でしたぞっ！」、「どうしてくれるんだ！　貴様がグズグズしているからじゃ！　あの声を聞くがいい！」というと医者を吊り上げるようにして峠へ戻った。そこから見える健太郎の家の藁屋根の上には「時ならぬ茸でも簇生したかのように、黒っぽい野良着や普通着の百姓男達が、梯子をかけて這い上がっていた」。昔からの言い伝えによって、死人の魂が屋根から抜け出していくのを呼び止めようとしているのであった。健太郎の妻は医者の到着を待たずに死んだのだ。

小田は「裏切者をでも引っ捕えて来たかのように」医者を健太郎の家に引っ張って行った。「おい先生！　大変御苦労でしたなっ！　だが御覧の通りじゃ！　今頃ノコノコやって来て貰ったのじゃ、あとの祭でなんにもならねえよ！　病人は医者の来るのを待って死なんわい！　それともお前さんは坊主の代わりにお経でも読みに来てくれたんかい？」といったのは松五郎老爺である。ほかの連中からも憤りの声があがった。

だが医者はこのようなときの処すべき方法を知っていた。それは一言も弁解じみたことを口にしないということだった。ここは彼らの罵声を聞き流し無言でおし通し、やがて出てくるにちがいない弁護のことばを待つ。これが最も賢明なやり方だと医者は考えたのである。だが、それは期待はずれに終わり、みんなの怒りの声が止むことはなかった。怒りの声を投げつけることだけが「死人に対しての唯一の、また心からの手向け」であったのだ。――

これは、農民の連帯の強さを描いた作品である。三人の子供を産んだ健太郎の妻は四人目のお産がうまくいかず、母子ともに危険な状態に陥る。医者を呼びに行くが不在。その行き先は裕福な旦那の家であった。貧しい農民の妻の命にかかわるような難産よりも、たいした病気でもない旦那の家の子供のほうが大事だったのだろう、二度も迎えが来たのにそれを無視して時間をすごす医者。ここに、貧富の差によって働く俗物の姿を見ることができる。

この医者と、それにたいして人間としての怒りをぶつける小田との対比が、この作品の軸となっているといっていいのではないか。貧しくとも人間としてのやさしさと強さを持つ農民の典型としての姿がここにある。お貞の死を知った小田精一の怒りはこのように書かれる。

精一は医者を鷲掴みにした。医者は彼の手の中で腰を抜かしかけた。ヒョロヒョロッと倒れかけた。が彼はその手を弛めはしなかった。バンドを掴んで魚の様に吊り上げた。

不吉な呼び声が、鶏が刻を告げるように鬨を作ってワアッワアッと響いてくる。よく耳を澄まして聞くと、それは人魂を呼び戻す声で、「おうい　お貞ン！　おうい　お貞んよう！」という数人の叫び声である！　精一はすべてを了解した。彼は物も言わず医者を吊り上げるようにしてグングン峠を駆け登った。それはほんの一息であった。

また、松五郎の「病人は医者の来るのを待っては死なんわい！　それともお前さんは坊主の代わりにお経でも読みに来てくれたんかい？」ということばは痛烈である。

（初出は『前衛』一九二八年二月号。「日本プロレタリア文学集」15〈新日本出版社〉所収）

明石鉄也「冬眠」

駐在巡査の息子・兼吉は帰宅すると、そのまま眠ってしまった。「まあ、よく寝とるなあ」といって母親のお富が台所へ行こうとしたとき、やっと兼吉は目を覚ました。選挙の演説会の帰りに立ち寄る警部補のために酒を買いに行ったのだとお富はいう。その手には酒徳利があった。

兼吉は選挙の運動員である。そのことを心配する母親に彼はいった。俺が応援しているのは政府側の候補だから心配はいらない。選挙運動は忙しいが、うまい物は食えるし、金にもなるんだ。その顔は得意気に笑っていた。

このとき兼吉は、人づてに聞いた話だがといって、妹のお朔が肋膜炎で寄宿舎に寝ていることを伝える。それを聞いたお富の「黄色い眼から、大きな涙が落ち」た。肋膜というが、それは肺病と同じじゃないか。「あの、血を吐きながら死ぬッちゅう肺病に。十五や六で工場に追いやられて、まだ固まらぬ身体で、無理な勤めをしたせえだ」としかお富には思えなかった。

娘のことが気になって仕方のない彼女は、叱られることはわかっていたが、事務室にいる夫の秀蔵に話しかける。「何遍言うんだ。肺病なんぞ、なれったってなるものか、あんな真赤な頰玉をした子が、それとも貴様は、肺病になって欲しいッちゃうんか！」。そのことばにお富はちょっとばかり安堵したが、それでも神棚に灯明を上げると、あかぎれだらけの手を合わせた。

演説会場になっている小学校の講堂は聴衆であふれていた。はじめての無産党の演説会である。秀蔵は会場の警官席に腰を下ろすと、日ごろの疲れが出て居眠りを始める。そのときであった。「注意！」という声が耳のそばで聞こえた。秀蔵がハッとしてとび上がると、隣の席にいた警部補が右手を突き出してつっ立っている。これが今はやりの「注意・中止・解散」というやつだと思った。

最初の弁士は、酌婦や娼妓の実態を詳細に説明した。印半纏《しるしばんてん》を着た三十がらみの男である。秀蔵はその一言一句に頷いていた。

つぎに演壇に立ったのは二七、八の背広姿の男であった。彼は、税金がいかに不当なものであるかを、煙草や砂糖を例に話したが、その原因について触れようとしたとき、また、

「注意」。弁士が「清い一票を、我々貧乏人の味方である××に入れて下さるよう御願いします」といって頭を下げると、「かしこまりました」といいながら前の方の聴衆は両手をついた。その話に感動した秀蔵も、俺も××に入れようかと思った。

つぎに立ったのは紡績工場の女工である。彼女は演壇から女工の苦しい実態を訴えた。一週間の夜業のあとには五〇匁も体重が減ること、衛生設備の悪い寄宿舎生活のため三分の一の女工が病人であり、りんごのように赤い頬をしていた女工も一カ月もたつと蒼白い顔になってしまうこと、病人の三分の二が肺病であることなどを訴えたのである。

この話をじっと聞き入っていた秀蔵は思わず立ち上がると「弁士中止！」と怒鳴った。「中止」の声に聴衆は総立ちになった。秀蔵はなおも「中止だ！　中止！　解散だ！　中止！」と叫びつづけるのだった。娘のことを話されているようで聞くに堪えなかったのである。

「雪が降り続いた」。男たちは毎日雪下ろしに精を出すのだったが、すぐに屋根には雪が積もった。今日もお富は台所仕事に追われていたが、それでも気持ちは明るかった。お朔の病気は思ったほど悪くはなさそうだったからである。家に戻り、床についていた彼女の口から「ちいと肋膜の気があるだけだけえ、当分休んだら良うなる」ということばを聞いたお富は、肺病ではないと信じられる気になったのだ。

選挙運動に走りまわる橇の音など彼女には関心がなかった。それどころか、選挙になればば夫はろくろく眠れなくなるし、怒りっぽくなる。それに演説会があれば署からやってくる上司のために酒の用意もしなければならない。たとえ選挙で代議士が代わっても台所の具合は少しも変わらないではないか。かえって彼女には迷惑なことに思えるのだった。いや、腹の立つことでさえあった。

そのときである。部屋の方から激しい呻き声が聞こえた。障子を開けると、そこには開け放した窓際に俯伏したお朔の「塩水を、塩水を」と呟いている姿があった。真赤に染まった窓下の雪からは湯気が上がっている。塩水を飲み、床に戻ると彼女は無言で目を閉じた。

その光景にしばらくポカンとしていたお富は、歯ぎしりしながら神棚の御神酒やろうそく台などを外に投げ捨て、「くそっ！　もう拝んでなんかやるものか。何が神さんだ」と泣き喚いた。

事務室では秀蔵と隣の甚作が向き合っている。「お前さんが、この人ならと思う人に投票するより外、仕方がないな」という秀蔵に、「それが分からんでな。……どの演説を聞いても、みんな尤もだとおもうことを言うし、あの××さん達の演説が、一番骨身に応えたが、ありゃ社会主義だっちゆうしの。でも若い奴等の中にゃ、あれが貧乏人の味方だけえ、

××さんに入れるって言うものもあるが、俺等ァ又、危険思想って言うこたぁ嫌えでの。があの演説は真剣で、俺達の暮らしをよう知っとるな」。甚作の考えと秀蔵の思いは同じだったが、倅の良二がこの春に師範学校を卒業できるのも与党候補の竹村の奨学会のおかげであることを考えると、やはり彼に投票すべきだと思い直すのだった。

兼吉を先頭に五人は雪道を急いでいた。秀蔵はうしろからついて行った。三人の男たちは、無産党はもちろん、ほかの候補にも竹村が勝てると得意気に話し合っている。停車場で四人を見送った秀蔵は雪道を引き返して行く。あの兼吉と三人の運動員たちのことが彼の頭から離れなかった。

あの三人の選挙事務員の姿を想うと、秀蔵は、何故か虫酸《むしず》の走るのを感じた。だのに、その三人の顔に、兼吉が似ていくような不安を覚えるのだった。すると、今度はお朔の青白い顔が浮かんだ。お富の眼の縁の黒い輪が浮かんだ。ただ、秀蔵の暗い胸に、時おり射し込む唯一の光明は、良二の生き生きした瞳だった。来月は卒業してくれるんだ。俺も楽になる。

雪の中で「提灯の弱い光が、精も根も尽き果てた秀蔵の頸垂れた顔を、ゆらゆらと、下から黄色く照らしていた」。彼は時々めまいを覚えながら、「まあま、選挙も明日でお終いだ」と呟き、「深い溜息」を吐いた。村は相変わらず雪に埋まっている。

選挙を題材に、駐在巡査一家の複雑な家族模様を描いた作品である。秀蔵、兼吉、お富、お朔、それぞれの人物がリアルに描かれていく。ことに主人公ともいうべき秀蔵の人物造型は彫が深い。

「音もなく、粉雪は毎日降り続いた。屋根は雪の重みに堪えかねて、時おり、鈍く呻いた」。この描写で始まる「冬眠」は、「雪が降り続いた」ということばで場面が転換する。まるで作品の基調音でもあるかのようだ。それにしても何と簡潔な自然描写であろう。見事というほかない。

（初出は『戦旗』一九二八年六月号。「日本プロレタリア文学集」17〈新日本出版社〉所収）

松田解子「逃げた娘」

美恵子はうつくしく、貧しい娘だ。父は二十年来の坑夫、母は泥背負《どろじょい》、そして十七の春を迎えたばかりの彼女は、坑内の手子《てご》として働かねばならなかった。

岩窟は限りなく鉱脈を孕んで黙々と眠っている。その中で、血の枯れた心臓と、くさりかけた銅肺を、蒼白い皮膚に包んで、力なく岩壁にタガネをうちこみ、崩れる岩をささえ、どんな残忍な不合理も、ここでは永久に埋もれ果てるであろう現実の奈落に生きるこれら一群の人々の中に、新しい犠牲として、彼女は迎えられたのだ。

このように書き出された「逃げた娘」について、作者は「あとがき」の中でつぎのようにのべている。

「それにしてもわたしは長いこと、自分の最初の小説作品は『産む』だとばかり思っていたが、本当は『逃げた娘』という小篇であったことなども、このたびあらためて確認させられた。（略）作品そのものは、なんとも生硬、幼稚なもので我ながらためらいも覚えたのであったが、それでもこれがこの世で自分が初めて書いた『小説』だったのだという愛情ゆえに収録したのだった。

今となって当時をふりかえればそのときわたしは二十三歳で一児の母、目前に一九二八年三月十五日の弾圧事件がせまっていたのだった」

作品はつぎのように描かれていく。

二人の坑夫がダイナマイトを仕掛けながら話している。「なあ……今度十二番坑に来た娘、バカに綺麗じゃねえか」、「なんだか、こう……熟した果物みたいだなあ」、「今に見ろ、彼奴も、主任の色狂い奴にすっかりなぶられてしまうから」。

カンテラをさげた美恵子が坑道で鉱車を押していたときである。暗闇の中に明かりが見えた。「濃い暗黒をかきわけて、じっと」見ると、それはあの主任のSではないか。「坑内の人間としては珍しい肥満した身体と脂ぎった赤ら顔」が近づいてくる。

美恵子のそばに寄ってきて、「ちっとは慣れたかい？」と話しかけるその声には「肉的衝動」があった。彼女の肩に手をかけ、「ちょっと見張まで来てくれないか」という。「はい」としか答えることができなかった彼女は「襟元から爪先まで、さっと冷水を浴びせられたような恐怖」を覚えながらも、その誘いを断れなかった。

「肉に飢えた野獣」のような眼をしたSは彼女を抱こうとする。力の限り声をあげたが、返ってくるのは遠くの発破の音だけであった。もがきつづける美恵子に業を煮やしたSは、「強情者！」といいながら、「お前の親爺を見ろ！　すっかりヨロけて半分以上棺桶に入っているんだが、可哀相だと思って、首をつないでやっとるに、おぼえていろ！」といい捨てると、ガスカンテラを投げつけ、その場を去って行く。岩壁にはね返ったカンテラのカーバイトが坑道の地下水に落ち「シュツシュツと苦しげに声を立て」ていた。

「海綿のように、濡れ疲れた身体」でやっと起き上がった美恵子の眼には、Sの仕打ちにたいする怒りで涙があふれてくる。そして、父母の姿が浮かんできて胸をしめつけるのだった。

鉱車につかまろうとする彼女の汚れた着物を見た二人の仲間が声をかけたが、「あの……主任が……」と、そこまでいうと、あとの言葉がつづかず彼女は泣き出してしまう。交替の時間を知らせる鐘が鳴ると、「血の気の失せた坑夫たち」の歌う声が坑道に響いた。

主任が鬼なら俺等は死人
掘ってもぶっても出てくる宝
ただの一度も身につかぬ
女房可愛けやそれやなおのこと
死んでおれよかヨロケた身体
ヨロケ、枯竹、子ばかり出来る

坑内に笑いが起こる。美恵子は「この上もなく呪われた自分を意識しながら」坑口へ向かって行った。

Sの前に一人の老坑夫が立っている。美恵子の父親であった。娘のことをどうするつもりか、ことと次第によってはお前のクビはどうにでもなるんだ、とSは迫る。娘がいうことを聞かなければ、お前をクビにすることぐらい簡単だ、というのだ。「世の中の、言葉のすべてを忘れてしまったかのように咽喉をつまらせて」立ちつくしている父親には、「今一度、娘と相談させていただきとう存じます」と答えるのがせいいっぱいだった。

やがて、美恵子が自殺したという噂が広がる。「生きておればこそ、湯にも入られる、お盆も来るというのに、ほんとになんて馬鹿だろうな」などと、その死をあきらめきれないようにみんなは話し合うのだった。

一人の坑夫からビラが配られる。それには、君たちは命がけで働いているのに「豚よりひどい南京米」を食わされている。「君たちの嬶や娘がS主任に弄ばれたことはなかったか」、今、会社は労働者のクビを切ろうとして「大鉈」を研いでいる。みんな目を覚まして手をつなぎ、団結の力で会社に立ち向かうときである。断固、たたかおう。そんな意味のことが書かれていた。このビラを読んだ彼らは知ったのである。ダイナマイトをだれに向けて爆発させなければならないかを——。

美恵子が日本労働組合××分会の組合員として活動していることが坑夫の一人から知らされたのは、それから間もなくしてからのことであった。彼女は生きていたのだ。しかも革命的な労働者として「果敢な闘争の渦中」にいたのである。

一七歳で坑内の手子として働かなければならなかった主人公は、好色漢の主任Sの〝餌食〟になろうとするが、なんとかそれをのがれる。だがSは彼女の父親に解雇をちらつかせながら、娘を手に入れようとする。その陰険なやり方に、この老坑夫は「深い溜息」をつくほかなかった。自分のクビを守るか娘を犠牲にするかの決断を迫られる場面は作品のヤマとなっている。

また、美恵子が自殺したとの噂が立ち、仲間たちがその死を語り合う場面はつぎのように描かれる。

「砂滓山の上に満月が冴えて、乳色に立ちこめた亜硫酸ガスの細い生肌を突き破って、坑夫長屋や、電柱や、橋のたもとや、うねうねと連なる出羽山脈のてっぺんに、さんさんと銀のしぶきをふりかけている。手子の秋ぼうが、横田の姉と直利橋の欄干にもたれて、湯帰りの、短い裾を、川風になびかせながら、真実らしく語り合った」

作者は「あとがき」の中で「なんとも生硬、幼稚なもの」とのべているが、格調高い文章として冒頭やこの部分を私は読みたい。

Sという人物を通して理不尽がまかり通る当時の炭坑の実態を抉り、団結を呼びかけるビラによって、やがて会社側に立ち向かっていくであろう炭坑労働者の姿を暗示した作品といえるだろう。たたかいの戦列に加わった美恵子にそのことが投影しているように思われる。


〈初出は『文芸公論』一九二八年五月号。「松田解子短篇集」〈創風社〉所収〉

黒江勇「省線車掌」

「ホームに下がった時計は、既に午前零時十分を示して居た。昭和五年と云う春は無造作に来た」。せまい休憩所には七、八人の車掌が集まっている。勤務時間がきて二人の車掌が出て行くと、交替した二人が戻ってくる。彼らの話題は、もっぱら電車の機械化による人減らしのことであった。そこへ酒の匂いをさせながらデブの車掌所主任が入ってくると、とたんに車掌たちの口は閉じられた。

「さあ、時間だ」というと、矢野と新入りの深沢は立ち上がった。電車に乗りこむと、深沢は異常はないかと見廻す。すると、一人の客が靴をはいたまま腰掛けの上に寝そべっているのが目に入った。その客を起こして、つぎの駅で降ろし、深沢が後部の車輌へ行くと、矢野はほとんど客のいないのを見て、「やれやれ」といって腰を下ろした。

深沢は制動機のそばの板に書かれた落書きに目をとめた。〈上長には羊の如く俺たちには狼の如きデブ〉、〈奴は餓鬼だ、用心しろ、もう五人切られたぞ、第六番目の餌食が欲しい頃だ〉、〈組合をつくれ！〉などの文字がある。狼が死骸をあさっている絵もあった。

深沢はポケットから一枚の紙切れを取り出した。それは、現業委員会なるものの欺瞞性を暴露するものであり、その自主化を訴えたものであった。

そのときである。電車が急停車した。運転手が懐中電灯を下げてやってくる。三人が連結器の下をのぞきこむと、「腐れ肉の様な生肉の香りが」激しく鼻をつく。「腸綿のような肉が、ねばねばしく枕木の上や小石の上に光って居た」。「血と鉄粉と、土砂で、無茶苦茶になり」両眼はとび出している。ばらばらになった死体の各部分が集められた。四〇歳くらいの商人風の男である。

やがて電車は発車した。「轢き始めだ、新年早々けちがつきやがる」。矢野は年明け早々、死人を出したことに腹を立てたが、これも不景気のための飛び込み自殺だろうと思うのだった。

乗務を終えた二人が宿泊所に着いたときは、もう午前二時を過ぎていた。火の気のない冷えきった半バラックの部屋には、七、八人の車掌が雑魚寝をしている。矢野は仲間の一人と焼き鳥屋へ飲みに出かけた。深沢は轢死体の夢にうなされ大声を上げたとたんに目を覚ます。出勤時間だったが、眠っている矢野を起こさずに一人で外へ出た。

矢野は勤務怠慢を理由に主任の呼出しをうけ、出勤停止を命じられる。深沢には、その原因が矢野を起こさなかった自分にあるように思われ、悔やまれた。

深沢は、車掌たちに信望の厚い主席助役の自宅を訪ねると、矢野の失態は自分の落度だったことを話し、何とかして欲しいと頼みこむ。だが、助役の懇願も主任は頑として聞き入れなかった。途方に暮れた深沢が、古参の車掌、赤井に相談すると、寛大な処置を求める嘆願書を出すことを約束してくれた。

二人が、車掌全員、四六〇人の署名を添えて嘆願書を主任の自宅に持参したのは二日後のことである。だが、主任の回答は、書類が事務所へまわっているからもう手遅れだというのであった。事務所へ報告されたあとでは救いようがない。二人は主任の家を辞した。

「奴は人間じゃない、奴は餓鬼だ」。憤懣やるかたない赤井はつぶやいた。

駅に向かって歩いて行く二人のそばを、ライトをつけた車が走り去って行く。深沢はいった。「あー俺達には何故力強い組合がないのかなあ、組合があったら此度の事なんか堂々と正面から俺達の要求を叩きつけることが出来ただろうに」。

深沢は三カ月ほど前に入院した内山を見舞いに行く。勤務中に電車から振り落とされて大けがをしたのである。「頰骨が馬鹿に光って、目は落ち込み、唯、白い歯並び」だけがそのままで、ほかの部分は全く別人のようだ。

話をしているうちに、だんだん興奮してきた内山の蒼白だった顔が赤みを帯びてきた。「一本の腕が肩からないんだぜ、不具者だぜ、君、これから世間は俺を人間とは見ないんだぜ、場合によっては牛や馬より役立たない邪魔物としか見ないんだぜ」。看病の母親や深沢がとめるのも聞かず、内山はしゃべりつづける。「俺は機械文明は呪わない、其れは人間を幸福にする為に拵《こしら》えたものだから、然し、其れを独占して悪用しつつある奴を呪うのだ」。そして、こんな体になった俺はお払箱だ、見習中の身だから公傷年金も出ないというのだった。この夜、主任や矢野のこと、それに内山のことを考えると深沢は眠れなかった。

みんな勤務に出たあと、深沢が一人、合宿所に残っていると、「君、到々追い出されたよ」といいながら赤井が入ってくる。彼の報告によると、署名集めを行った四人の車掌と赤井、深沢の六人が乗車勤務を解かれ、駅の警手に降ろされた。また、矢野はクビの一歩手前の休職処分だという。

主任から呼び出された六人が主任室へ向かい、中に入ったとき、ちょうど辞令をもらうためにやってきた矢野といっしょになる。

主任は、別に話があるといって、矢野を除いた六人に向かっていった。「お前たちは、これから駅の掃除に行くんだ。皆、行ったら、駅長怠け者が鍛われに来ましたと挨拶するのじゃぞ。どの面も、そうとしか取れない者ばかりだ。うふふふふまあ――勢々駅で心を入れ換えて、勉強するのじゃ、いいかわかったか」。

「主任さん――」。そういったのは深沢だった。「今の御言葉では、私は別として、他の五人の方はどんな点で怠け者と云われるのですか」。「何、貴様、其れを聞いて如何するのだ」。主任の目が光る。「根も葉もない事を云って貰い度くないのです、如何な点で怠け者と云うのですか」。

このあと激しいやりとりがつづき、怒った主任が立ち上がると、こぶしをテーブルの上にあげた。それまで黙って聞いていた矢野がいきなり彼をぶん殴り乱闘となった。つめかけた車掌たちが叫ぶ。「矢野君万歳」。

省線電車に乗り込んだ六人の話題は乱闘のことになり、自慢話に花が咲く。だが赤井の口から出たのは「あんな事をしたってつまらないよ」、これから先のことをゆっくり話し合おうではないか、ということばであった。六人は「親しい一団となって××駅の改札口を出て行」くのだった。

暮れも正月もなく働かなければならない省線電車の車掌たちのたたかいを生き生きと描いた作品である。

狡猾で強圧的な車掌所主任に立ち向かい、矢野をなんとか救おうとする仲間たちの行動が、深沢や赤井たちを通して克明に描かれていく。ことに、自責の念にかられながら奔走する深沢の姿は感動的ですらある。そのやさしい心情は内山を見舞う場面にもよく表れている。

乱闘によって主任へのうっぷんを晴らす仲間たちに向かっていう赤井のことばには、労働者としての真のたたかいのあり方が示されていて、作者の意識の高さが読みとれよう。

さらに冒頭の「ホームに下がった時計は（略）」の部分は見事な描写であり、轢死の場面もリアルの一語に尽きるといっても過言ではあるまい。

（初出は『ナップ』一九三一年七月号。「日本プロレタリア文学集」20〈新日本出版社〉所収）

佐多稲子「四・一六の朝」

田中義一内閣は、一九二八年三月一五日の弾圧につづいて翌年の四月一六日、日本共産党にたいする二回目の大弾圧を行った。当局はこの日、一道三府二四県におよぶ大検挙を実施、その後、市川正一、佐野学、鍋山貞親、三田村四郎らの幹部が逮捕され、治安維持法違反で三三九名が起訴された。四・一六事件であり、この日のできごととその後の顛末を題材にしたのがこの作品である。

里枝は、朝のまどろみの中で名前を呼ばれたような気がして目を覚ました。玄関のあく音がしたかと思うと枕元の襖があき、背広姿の男が隣に寝ている雄吉の蒲団のえりに手をかけると、「ちょっと起きてくれ給え、警察の者だ」という。「ずい分非常識ですね。夫婦で寝ている部屋に無断で這入って来るなんて」と抗議する里枝に、「どうせ非常識だあね。そんなことに構っちゃ僕らの仕事は出来ないんだよ」と男は平然といった。

そこへ顔を出した所轄署の刑事が、起きるように雄吉をうながす。「一体、なん時だね、まだ日の出前だろう。それに無断で上がって来て失礼じゃないか」、「今日は何だね？　一体何事なんだい」。雄吉のことばに、彼らは「起きればわかる」をくり返すばかりだった。

蒲団のまわりには、本庁からの二人と所轄署の二人の刑事が立っている。里枝は起きようとしなかったが、雄吉は一服するとやっと起き上がった。早く身支度するようせかす刑事たち。しかし、雄吉はゆっくりと歯を磨き、里枝に飯の支度をいいつける。やっと起きた彼女は七輪に火をおこし朝飯の準備を始めた。飯なんか食っている時間などない、向こうで食べりゃいいと、いらいらをつのらせる刑事たちに、雄吉は消化器が弱いからだと里枝は言い訳しながら、朝飯を作り食べさせる。

雄吉が連行されると、残った二人の刑事が家宅捜索を始める。里枝はそれをじっと見守っていた。そのとき、玄関に声がして石山が現れる。とび出してきた刑事に、彼は工場に行く途中、雄吉に本を借りに来ただけだといったが、交番へ連行されてしまう。

戻ってきた刑事たちは本の間にはさまれたものまで調べ、書籍ニュースまで押収した。『マルクス主義』という雑誌を見つけると、この雑誌はみんな持って行くことになっているからといいながら、ほかの本といっしょに畳の上に積み上げていく。押入れのつぎは小箪笥である。その戸棚をあけたとき、紙に包まれたものが出てきた。春画である。それは押収の対象にならなかったのだろう。「これは蔵《しま》っとこう」というと、刑事は里枝に愛想笑いを返した。彼らは箪笥の中をかきまわしたり、畳をはがしたりして、家捜しをつづけたが、そこからは何も出てこなかった。

こうして一応、捜索が終わると、里枝は押収された本の名前を全部書きとめた。そこには、一息ついて雑談を始めた彼らに引き込まれないように、という配慮もからんでいたのである。

里枝は、いったい何が起こったのか尋ねるが、刑事は自分にもわからないといい、今日は一日中この家に張りつくことを告げる。彼女がどうしても外出しなければならないというと、それでは検束するほかないというのだった。監視つきで里枝は一日を過ごさなければならなくなったのだ。

「今日はあ」という声がした。入ってきたのは松田であった。里枝は「小きざみにはげしく首を振っ」て、今は危険だと合図をするが、その声に「誰?」といいながらやってきた刑事は松田のうしろのガラス戸を閉めてしまった。その向こうを女が通り過ぎる。田中だった。もし彼女が捕まり身体検査でもうけ、何か重要なものが出てくれば、雄吉にとって致命傷になるかもしれない。「動悸が里枝の咽喉を圧する様であった」が、さいわい田中は入ってこなかった。

松田は、自動車の運転免許を取るための参考書を借りにきただけだと弁解したが、署に連行されてしまう。しばらくして、また表のガラス戸に人影が映った。里枝は目で合図するが、戸があき、その男は入ってきた。村松である。彼は刑事に知られた男である。「君は今、どこにいる、千住だったね」、「千住のどのへんだい」と表に出てきた刑事にしつこく聞かれる。「言ってもいいけど、まあ、ひと締め締めてから言わした方がおもしろいでしょう。それにしても大便が詰まってちゃ闘いも出来ない」と冷やかし半分にいうと便所へ行ったが、なかなか出てこない。重要な物でも処分しているのだろうと里枝は思っていたが、彼は裏口から裸足のまま逃走していたのである。

つぎに現れたのは労働組合の仕事をしている加藤だった。出てきた顔見知りの刑事たちを見て、「あれ、どうしたんだい。お揃いじゃないか」といいながら部屋へ入ってきた。加藤がやってきたことで、事務所が無事だったことを里枝は知る。

加藤と二人の刑事は火鉢を囲んで座ると、雑談を始める。刑事は村松の住所を尋ね、その一人が加藤をつれて出かけて行った。残った刑事が里枝に親しく話しかける。「……俺たちだって何も無やみに圧迫しようってんじゃないんだからね。ある程度の連絡さえつけといてくれればいいんだよ。それでないと本庁との関係が困るからね」。彼女には応えようがなかった。これが彼らのいつもの手だったからだ。

夕方になっても彼らは帰ろうとしない。里枝たちと同居しているいとこを待っているのだろう。待っていても帰らないかもしれない、という彼女に勤務先を聞こうとする。そこへ三人目の刑事がやってくる。いつもこの家を監視に来る特高だった。やがて一〇時を過ぎたころ、彼らはやっと帰って行った。座敷の掃除をするために縁側の戸を開けると、村松が裸足で逃げて行く姿を里枝は思い描いた。ともかく、こうして張りつめた一日が終わったのである。

ところが翌朝、また刑事たちがやってくる。それは、里枝にとって「野犬の臭いがする様に」思われ、今度の検挙にはいつもとちがうものが感じられた。

この四・一六事件の記事が前年の三・一五事件とともに解禁となり新聞に出たのはそれから数カ月もたってからであった。そのあいだに雄吉は病に冒され、松田と石山は工場に戻っていた。加藤は新たに結成された「新労農党」の本部員におさまり、演説会場を走りまわっている。一方、村松は里枝の家から逃げ出すと、病気上がりであったにもかかわらず裸足で通りを駆け抜け、アジトの書類を処分すると王子署の特高に弁護士を名乗ってボックスから電話をかけた。病気の雄吉をすぐ釈放してほしい、と。相手は取り合わなかったが、彼は「向うの電話のまわりの様子に耳を澄ました。彼の目は光っていた」が「口先は微笑していた。ボックスの窓ガラスの前を、桜の名所らしく白粉をつけた花見男がよろけて通った」。この事件から一週間後、村松は姿を消してしまったのである。

夫が検挙され、あとに残った妻と刑事とのやりとりが、緊張感とともにおもしろく描かれた作品である。また、つぎつぎと訪ねてくる仲間たちに気をもむ妻の里枝、まんまと裏口から逃走する村松……。それぞれの人物が「四月十六日」に翻弄される一方で、花見に浮かれる人々、この対照も象徴的である。

（初出は『新潮』一九三〇年一月号に「ある一端」との題で発表。「日本プロレタリア文学集」22〈新日本出版社〉所収）

第Ⅲ部　戦後

水上勉「リヤカーを曳いて」

〈私〉には「毎年八月十五日がくると、かならず思い出すことがあ」るのだが、そのことを人に話してこなかった。「永年かくしていたこと」をこの機会に書いておきたい、との書き出しでこの小説は始まる。

八月一五日になぜそれほどこだわるのか。それまで、われわれ「戦中派の庶民」にとって、夜は灯火管制のため電灯もつけられず、警報が鳴ればゲートルをつけて防空壕に入らねばならぬ日々を送っていたし、また「一億総決起」で「老若婦女子までが、アメリカ兵と刺しちがえて死なねばならない」というような状況にあった。まさに「頭の上に鉄板をかぶったような、息苦しい、希望のない、お先まっ暗」な日々だったからである。

八月一五日、この日を長かったと思う人、短かったと思う人、嬉しかったと思う人、悲しかったと思う人、おそらく何千万の日本人がさまざまな思いでこの日を過ごしたのであろう。いずれにしても八月一五日は日本人にとってはわすれることのできない日である。

学校に勤めていた〈私〉は朝食をとっていた。そのとき、部屋に入ってきた父から突然、山岸さんがチフスにかかったから隔離病院へリヤカーに乗せて運んでくれと頼まれる。山岸さんというのは東京から疎開してきた友人で、〈私〉は彼の妻と二人の子供の面倒を見ることになっていた。疎開してきて三日目に召集令状がきて、山岸は海兵団に入団してしまったのである。その細君がチフスにかかったというのだ。

この細君はヒステリー症であるうえに、二人の子供のことで間借りをしている農家の未亡人とうまくいかず、「日頃から口もきかない間柄」であった。〈私〉が相談相手になれないこともあって、彼女は疎開してきたことを悔やみ、その不満を村の人たちの悪口をいうことでまぎらわしていた。

八月に入ると農家にも「かくし米」がなくなり、彼女の一家はその日の食べ物にも事欠くようになった。そこで二人の子供たちは村の子でも食わない泥ガニや川エビを取って代用食としていた。父は、口には出さなかったが、「厄介な一家」を連れてきた〈私〉に不満をいだいていたのである。

学校を休むことにして〈私〉は細君のいる農家へ行った。板の間に寝ている彼女の額には手拭がかけてあり、そばには子供たちが座っている。ほかにはだれもいない。この家の人たちはチフスの病人をさけて親戚のところに逃げてしまっていたのである。〈私〉は「上が五つ、下が四つの子らが、つくねんと坐って、異郷で恐ろしい病気になった母を見守っている光景をみて、足が硬ばった」。

家からリヤカーを持ってくると彼女を乗せた。もともとやせているうえに栄養失調になっていたから、そのからだは軽かったが、鍋や釜、それに炭俵などを積みこむとかなりの重さになった。

若狭から隔離病院のある小浜までは四里の道のりである。鉄道に沿って走っている道はリアス式の若狭海岸のそばで、たしかに景色はよかったが、リヤカーを曳いて行く私たちにとってはつらい道程であった。私たちのそばを汽車が走り過ぎて行く。通勤する者や応召兵で汽車は満員だった。窓には「万歳」と書かれた日の丸の旗をはりつけている者もいる。

海岸に沿った道には砂利が敷かれていて、リヤカーのタイヤがきしむ。途中で何度か一服したが、病人のことを考えると気が気でならなかった。何しろチフス患者である。激しい下痢と高熱でうつろになっている病人がこの炎暑に耐えられるだろうか。

「馬鹿な奴や。一秒間も争う病人やというてたのんだに、切符を売らなんだ……客にうつるいいよった……」と父は駅長の悪口をいい、それも応召された者が多く乗っているからだと怒りをぶちまける。

　病人をリヤカーに乗せて四里の道を行くのはつらい。「白砂利の道は半紙のように白く光って、ゴム靴の底が痛いほど焼けた」。まして「病人は、地めんからそう間隔のない板戸の上に寝ていたから、地熱は首すじを火のように焼いたろう」。それは想像に難くないことだった。

　かなりの道のりを歩いてきたが、小浜に着くまでにはまだ二つの坂を越さねばならない。「九十九折になったこの赤土の道」は、ある高さまでくると「海へ迫り出した崖に」なっている。崖の上には小さな谷があり、そこから海へ水が流れ落ちていて、ちょうど滝のようになっていた。ここは「昔から旅人が一服したところで」鼻の欠けた石地蔵が立っている。

　私たちはひと休みして昼食をとることにした。リヤカーに乗せた細君の額にタオルを濡らし、のせてやったが、ほとんど反応はない。二人は母の作ってくれた麦飯に沢庵二切れが入った弁当を開いた。そのとき突然父がいった。「今日は何日やったかいな」。「十五日や」と〈私〉がいうと「ほんなら、わしも、ついでに尻をみてもらおうかいなァ。……さっきから痛うてかなわんねや」という。痔瘻の父は力をいれると「ナスビのようなもの」が飛び出してくるのだった。重いリヤカーを曳いてきたため、その「ナスビ」が出てきたのだ。その出物を押し込むためにしゃがんだ父のうしろには「若狭の海が美しい水平線をみせてひろがっていた」。

私たちはまたリヤカーを曳き坂を下りて行く。正午をまわり、一時になろうとしていた。私たちは終戦のことを知らなかったのである。日本中の多くの国民が天皇の詔勅を聴いているころ、リヤカーに乗せた友人の細君のことや、痔疾のことを気にしながら麦飯を食っていたからだ。「目の前には、美しくひろがった若狭の海があっただけで」、この時刻がのちに「歴史的な時間」になるなどとは知るよしもなかったのであった。

そして作者は「『日本のいちばん長い日』とか『歴史的な日』とかいうのは、観念というものであって、人は『歴史的な日』など生きるものではな」く、「いつも怨憎愛楽の人事の日々の、具体を生きる。『波瀾万丈の人生を生きる』」ということばがあるが、たとえそんな人でも「ひょっとしたら、その人生は何枚かの風景写真にすぎないのではないか」とこの作品をしめくくる。

「歴史的な日」といわれる八月一五日を庶民の姿を通して描こうとした作品である。疎開してきてから三日目に応召する友人の残した二人の子供と妻。その生活は悲惨であった。しかも細君はチフスに患り、それを〈私〉と父は二人で四里の道をリヤカーに乗せて運ばねばならなかった。

八月一五日、二人は敗戦も知らずにこの日を過ごしたのである。ここにも一つの庶民の姿があった。二人にとっては敗戦という「歴史的な日」とは無関係な一日があったのである。これも何千万分の一の八月一五日だったのだ。まさに、さまざまな八月一五日の一つだったし、作者はそのことをいいたかったのであろう。いみじくも結末の部分で書いているように、「人は、いつも怨憎愛楽の人事の日々」を生きる。「具体を生きる」ということを。

人は観念や抽象の中で生きるのではなく、具体の中で生きるのだという水上勉の人生哲学をここに見ることができるだろうし、また、「具体」を描くことこそ文学だ、といっているようにも思われる。

（初出は『小説サンデー毎日』一九七二年一〇月。「戦後短編小説再発見」8〈講談社〉所収）

志賀直哉「灰色の月」

「敗戦の年の直哉は、数えの六十三歳である。今とちがい、谷崎潤一郎五十九歳、佐藤春夫五十四歳、皆大家扱いだった当時の感覚では、もはや文壇長老の一人、隠居に近い存在と見られていた。その隠居の作家志賀直哉が、終戦後三カ月目の秋の末頃から、しきりに又ものを書き始めた。（略）戦時中三年半、言いたいこともいわず沈黙を守って来た反動のような趣があった」と阿川弘之は「志賀直哉」（岩波書店）の中で書いている。

また、佐藤静夫は「宮本百合子と同時代の文学」（本の泉社）の中でつぎのようにのべている。「戦後文学がほぼ共通して志向したものは、廃墟、食糧難、生活難という戦争のもたらしたものに苦悩しつつ、戦争への批判と自立、新たな民主的日本の建設をめざす社会への翹望《ぎようぼう》ということができる」。そして、敗戦直後の一九四六年前半に作品を発表した作家として、正宗白鳥、永井荷風、志賀直哉、宇野浩二、野上弥生子、上林暁、堀辰雄、宮本百合子、佐多稲子、徳永直、井伏鱒二らを挙げ、「戦争協力を積極的にしなかった既成作家や、旧プロレタリア文学の作家が目立つ」とのべている。

この年、雑誌の創刊も相つぎ、『思潮』、『新日本文学』、『黄蜂』、『文明』、『世代』、『素直』、『世界文学』、『芸術』、『群像』などの文芸雑誌のほかに、『世界』、『展望』、『人間』、『思索』といった総合雑誌、さらに『改造』、『中央公論』、『日本評論』、『四季』、『新小説』、『三田文学』、『批評』が復刊され、沈黙を守ってきたいわゆる老大家たちも堰を切ったように作品を発表する。志賀直哉の「灰色の月」（『世界』一九四六年一月号）もその中の一編であった。

〈私〉は屋根のなくなった東京駅の歩廊に立ち電車を待っていた。薄曇りの空には灰色の月が出ていて、焼跡をうっすらと照らしている。電車が入ってきた。乗りこんだ車内には空席があり、腰掛けることができた。私の右にはもんぺ姿の五〇近い女、左には一七、八歳の少年工と思われる男が腰を掛けている。その少年は「口はだらしなく開けたまま、上体を前後に大きく揺っていた。それは揺っているのではなく、身体が前に倒れる。それを起す、また倒れる、それを連続しているのだ」。〈私〉には、それが居眠りとは思われず、何となく不気味に感じられた。

やがて乗客が増えてくる。買い出し帰りの人もいる。大きなリュックサックを持った二

五、六の若者がそれを車内の通路に置くと、やはりリュックを背負った四〇位の男がそばに来ていった。「載せてもかまいませんか」。若者はそれを断る。載せられたら困るものが入っているからだというのだ。「そうですか。済みませんでした」という男が気の毒になった若者は、何とか通路からリュックをほかのところに移そうとする。それを見た男は、そんなことをされなくていいんですよと辞退する。その二人のやりとりを聞きながら、〈私〉は「一ト頃とは人の気持ちも大分変って来た」と思うのだった。

車内はますます混んできた。少年工は相変らずからだを大きく揺らしつづけている。それを見た会社員風の男が、「なんて面してやがんだ」というと、連れの男たちも笑い出した。そのとき、少年工は胃袋の上を叩きながらいった。「一歩手前ですよ」。病気じゃないのか、いや酔っているのかもしれないなどといっていた男たちの一人が「そうじゃないらしいよ」というと、その意味がわかったらしく、みんな黙ってしまう。

「地の悪い工員服は破れ、裏から手拭で継が当ててある。後前に被った戦闘帽の庇の下のよごれた細い首筋が淋し」く見える少年工は、やがてからだを揺らさなくなり、「窓と入口の間にある一尺ほどの板張りにしきりに頰を擦りつけていた」。その姿がなんとも子供っぽく、板張りを「誰かに仮想し、甘えている」ように〈私〉には思われた。

前に立っていた男が少年工の肩に手をかけ「どこまで行くんだ」と尋ねると「上野まで

行くんだ」という。反対の方向へ行く電車に乗っていたのである。それを知った少年工は立ち上がって窓の外を見ようとした。重心を失った彼はいきなり〈私〉に寄りかかってきた。〈私〉はそのからだを押し返したが、それは自分の気持ちを裏切るような動作であったし、少年工の体重の軽さに驚くとともに気の毒な思いにかられた。一三貫あまりしかない〈私〉よりずっと軽かったのである。

「どこから乗ったんだ」と尋ねると、渋谷からだという。「渋谷からじゃ一トまわりしちゃったよ」とだれかがいうと、少年工の口から出たのは「どうでも、かまわねえや」ということばであった。このひとことは〈私〉の心に突き刺さったが、どうすることもできない。弁当でも持っていたらと思うが、あいにくそれもない。金をやったとしても、もう夜の九時、食べ物を売っている店もないだろう。「暗澹たる気持ちのまま渋谷駅で電車を降りた。昭和二十年十月十六日のことである」。この短い作品はここで終わる。

〈私〉は偶然、少年工と同じ電車に乗り合わせる。継ぎの当たった工員服に戦闘帽を被った彼は座席に座ったまま、からだを前後に揺すっている。病気のように見えたが、病気でもなく、居眠りでもなかった。餓死寸前だったのである。乗りちがえて一周してしまったことを知らされても、「どうでも、かまわねえや」と捨鉢なことばを吐くだけだった。そこにあるのは生きる希みを失った若者の姿だった。その彼に何もしてやることのできないことに、もどかしさを覚える〈私〉。そして屋根のなくなった東京駅の歩廊から見える灰色の月。掌編小説ともいえる短い作品の中で、敗戦直後の状況を描いて見事というほかはない。「灰色の月」の特徴は、その「切りつめた文章」、いや、これ以上切りつめることのできない文章にあるといえるだろう。

「志賀直哉全集」（第七巻）の解説の中で高井有一は、藤枝静男の「本田秋五」に紹介されているつぎのような挿話を紹介している。

本田秋五が「この小説に深い感銘を受けながらも」、「作者は最後のところでもうひと振り尾鰭を振ってもらいたかった」と直哉を訪ねて不満をのべたのにたいして、志賀は「そんならあの場合実際どうすればよかったのだ。君ならどうする」と反問したという。

また、同じような批判にたいして「私は何事もしてやれないと感じて、しなかったのだが、私を非難した人達は出来て」も恐らく何もしない人たちだろうとのべていることについて高井は、だれもが食うや食わずの時代に「見ず知らずの少年工にしてやれる事など無いのは判りきっている。ヒューマニズムの衣裳を着て、人に不可能を強いるのは偽善ではないのか、と直哉は言ひたかったたかも知れない」。そして、この小説の美しさは、「毅然とした断念」にあるとのべている。

ともかく作中の〈私〉の行動と作品の結末について論議を呼んだ問題作であったことは

確かであろう。賛否両論あるにしても、この作品が敗戦直後の庶民の姿をリアルに描いた点は高く評価すべきであり、それが一人の少年を軸に淡々と書かれていく小説作法は、さすが志賀直哉というべきではあるまいか。

（「志賀直哉全集」第七巻、「戦後短編小説選」１〈共に岩波書店〉などに所収）

野間宏「立つ男たち」

秋場は時間がきているのになかなかその場を離れることができなかった。一学年下の小南が、自分の下宿の近くに一人の男が立つようになったという話を始めたからである。二年間も留年して学生運動をしているリーダー格の吉本は、そんな男は恐れる必要もないし、恐れてはならない、恐怖こそがこちらを不利な状況に追いこむことになるし、それでは奴らに対抗できないという。

どんな男が立っているのか、と尋ねる吉本に、もう一週間ほどになるが、男の特徴はくわしくはつかめないと小南は答えるしかなかった。そしてつづけた。下宿人は二人いるが、監視の対象になるような者ではない。しばらく前に党の会合に部屋を貸していたことがあり、その僕が奴らの目標にされていることはまちがいない、と得意気に話すのだった。

上京してまだ二カ月しかならない小南は、もう党とこんなに近い関係ができていたのである。秋場はすでに入党していたが、小南のようにスパイにたいして平然としてはいられなかった。たしかに、吉本のいうように恐怖心は克服しなければならないが、自分にとってのそれは「いたずらな恐怖」ではなく、「警戒心と一つになった恐怖」だと秋場は思った。

しばらく無言でいた吉本が口を開いた。「それだったら、用心しなくちゃ、いけないじゃないか……」。どのように用心し、どう抗議すればいいのかと尋ねる小南に、それを黙って聞いておれなくなった秋場はいった。抗議するといっても相手がスパイであるという証明ができないだろう。証拠をつかまなければ抗議などできやしないじゃないか、と。

「しかし抗議は必要だな……とにかく先ず、そいつをやることだ。しかし抗議は下手をすると、必ず利用されて、そのとき、根ほり葉ほり、いろんなことをさぐりだされてしまうことになるんだから……あらゆる機会が利用されると考えていいね。そりゃあ、奴等のやり方はすすんできていると、いわれている。決して簡単じゃない……」

そういって吉本はこんな話をする。

「ある機関に属しているA」は、自分がつけられていることも知らず都電に乗った。やがて降りようとしたとき、吊革をにぎっていた女に体が当たった。そのとき、詫びればよかったのだろうが、黙って出口へ行こうとしたため、女は叫び声をあげ、捕らえてくれといった。痴漢だと思ったのだろう。Ａはその場を逃れようとしたが、一人の男に腕をつかまれてしまう。電車から降ろされたＡは警察署に連れこまれると、所持していた書類を取り上げられ、「お前はすでにこうして破廉恥罪でつかまってしまったのだから、もはや党へ帰っても申開きもできやしないんだ」といって警察への協力をすすめられたというのだ。最近のできごとだという吉本の話は、その場の雰囲気を重苦しいものにした。さらに、いつも寡黙な友永が学生大会でのできごとを話し出した。「スパイに協力していた学生」が、その苦しみに耐えられず、学生大会の席上でそのことを告白したというものだった。肺結核の診断をうけている友永は、休養しなければならない体であったが、生活費一切をアルバイトでまかなっていたため、それをやめるわけにはいかなかった。そのアルバイト先で、あの告白した学生、斉藤と出会うことになったのである。

学生大会での告白以来、ほかの学生たちは彼をさけようとしていた。それを感じていた彼自身もますます自分の殼にとじこもるようになっていった。友永はなんとかときほぐそうとしたが、逆に斉藤にたいする警戒心が強くなるのだった。

彼の話によると、警察に一回六〇〇〇円の報酬をもらって情報を提供していたという。その彼が大勢の学生の前で告白したのである。そのためには、強い決意と悔悟の念があったにちがいないと思うと、二度と裏切ることはありえないと考えるのだったが、吉永には、斉藤はすまないという気持ちをいだきながらも、「このように誠意をよそおいながら……何かこの斉藤がさぐり取ろうとしているのではないかという気がしてくる」のを抑えることができなかった。

外見ではスパイかどうかを見分けることはできないという秋場に、友永はいった。「一度疑いを持ちだしたならば」それはどこまでも広がっていく。彼には申訳ないと思いながらも疑いを払拭することができない。これにたいし、この疑心暗鬼こそ奴らのねらいなのだと吉本は指摘し、さらにつづける。

これまでの奴らの目的は「民主的団体や党の組織の体系図をさぐる」ことだったが、それから一歩進んで民主的活動そのものを破壊することに力点をおくようになってきている。たとえば、サークルの中心的活動家をおどしたり、スパイを活動家に仕立てて挑発的な行動をとらせ、それを利用して組織をつぶしてしまう。だから恐怖心を持つことは彼らの術中にはまってしまうようなものだ。

たしかにスパイにたいする警戒を怠ってはならないが、かといって「それに足をとられていては、ついにはこっちが彼等と対等になっちまうんだよ」。そうなれば奴らと似てくるわけだ。友永も秋場も似てきたところがある。

吉本のことばに、友永は「ろくでもねえことを、言いだしやがってさ」といって唾を吐いた。だが、秋場にとってこのことばは「心の内を深くえぐ」るものであった。権力側のスパイにたいする警戒は必要だが、過度の警戒心は活動をにぶらせる、というのが吉本が出した結論だった。

このような議論をしていたため、街頭連絡に行かなければならない秋場には一五分の時間しか残っていない。急いで座を立ち二分前に約束の場所に着いた。その場面はつぎのように書かれ、この作品は終わる。

相手の姿はまだ辺りには見えなかった。彼は辺りを調べて危険がないと見きわめると、橋を渡って向こう岸のところをしばらく行ったりきたりしたが、しだいにいらいらしてきた。（略）

相手は五分ぐらいおくれてやってきた。ソフトをかぶり、カバンを小脇にかかえて、すらりとした紳士である。それがいつもの秋場の連絡相手の男だった。秋場は何気ない様子でその方に近づいて行ったが、突然紳士風の相手は、顔を左右にまわして、辺りをきょろきょろ見廻しはじめた。すると秋場はその相手の顔が暗い街灯の明りの下で、鋭く光るのをみて、ぎょっとした。するといつの間にか彼もまた、顔を左右にまわして辺りをきょろきょろ見廻さないではいられなくなってくるのである。

彼の顔にはひとりでに微笑がのぼってきた。〈チェツ、似てやがる、これじゃあまだ、つきぬけるのはおぼつかないか。〉彼は笑っている自分の顔に向かって言って、真直ぐに相手の背の高い地区委員の方に近づいて行った。

敗戦直後、「戦後文学」の代表的作家の一人として、「暗い絵」、「崩壊感覚」などの晦渋な作品を発表した野間は、一九五〇年以降、しばらくは地域的な党活動に取材した平明な文体の短編を書いたとされる。この作品もその一つである。

（初出は『新日本文学』一九五五年一一月。「戦後短編小説再発見」第九巻〈講談社〉所収）

梅崎春生「赤い駱駝」

これは「要領のよさ」が幅をきかせる軍隊生活の中で、建て前どおりに精いっぱい生きようと努力を重ねるが、それは負の結果しか生まず、結局敗戦によって緊張の糸が切れ、自殺していく男を主人公にした物語である。

海軍の特務士官には「みょうにひねくれたところがあって、おれたち一夜漬けの予備士官にへんな反感をもって」いた。それもそのはず、一〇年も一五年もかかってたたき上げた彼らにとって、一年やそこらで「一人前の士官づら」をしている俺たちに快い感情など持てるはずなどないからだ。しかし、俺たちだって何もすき好んで、小姑の多い家に嫁にきたのではない。とはいっても、彼らのアラさがしの対象となるのを避けることはできなかった。そのアラのいちばん多いのが標的となる。それが〈おれ〉と同期の予備少尉二見であった。

彼は一兵卒として召集され、その意思と無関係に無理やり予備士官を志願させられたという経歴の持ち主であり、「軍人としての条件を、あれほど欠落した男もめずらしい」といえるような人物であった。だからこそ彼ほど軍人らしくなりたいという気持ちを強くもった男もいなかったのである。だが、彼が軍人らしく振る舞えば振る舞うほど、その結果は裏目に出るのだった。

もし彼が兵卒であれば責任もなく、上官の命令に従っていればすむのだが、「名誉ある帝国海軍の士官」ともなればそうはいかない。

もともと二見は「不具めいた」感じを与えるような体型をしていた。要するに「均斉がとれていないのだ。手足が少し長い感じで、それで関節がすぽっと抜けたよう」な撫で肩をしているのだった。それを男らしく見せるために、薄い胸を反らさなければならない。女のような「撫で肩の上に首を正しく保ち、唇を嚙みしめるようにむすんで、眼をまっすぐにむけて歩く」姿は、「何かを必死に守ろうとしているよう」に見えた。したがってその歩き方も「両足を前にふり出すようにして、勢いよくバタバタと」やるので、まるで操り人形のように見え、特務士官だけでなく兵士たちの「憫笑のまと」になるのだが、二見にとってはいたってまじめな動作だったのである。

また、緊張のあまり、号令をまちがえることもあった。「かしら右」というべきところを「右へならえ！」と叫んだりして、隊長から叱責されたり、士官や兵士たちからは嘲笑を買う。そんなときは、盗み食いを見つけられた子供のように真蒼になり、頬が痙攣するのだった。

彼には運動神経も欠落していて、海軍体操というだれにでもできる運動さえ全くの苦手であり、とうとう一度も号令台に立ってやることはなかったのである。

二見たちの部隊は、沖縄が米軍の手に落ちると、敵機の来襲に備えて海岸近くの岩壁をくり抜いて作った洞窟を兵舎にしていた。その中の暑さと湿度の高さは彼らをいらいらさせた。こんなところでくらしていると人間は自分のことしか考えなくなってしまうものである。こんなひどい兵舎だったが、海岸から見る夕焼けは美しかった。短い時間だが、「空の央ばをおおう、言いようもなく微妙で華麗な色の饗宴が、海に照り映えて、少しずつ色合いをかえてゆく」のだ。「それを眺めていると、自分がどこからか抜けだして、遥かな遠いところへ行くような気が」してくるのだった。

この海岸で〈おれ〉は一度だけ二見といっしょになったことがある。そのとき彼は、応召する前、趣味で童話を書いていたことがあるといい、「あんな雲を見ると、おれも一度童話をかいて見たい」と語っていた。夕焼けを眺めながら彼が「敵さん、はやくのぼって来ないかな。待ち遠いよ」というので、「斬死にするつもりかい」と聞くと、「面白いだろうと思ってよ」といいながら笑った。それは「惨めな感じ」の笑いだった。

戦争が終わったのは、こんなことばを交わして一〇日ほどたってからのことである。敗戦のショックで落ちこんでいた部隊も三日もたつと活気づいてきた。缶詰や靴などを分配するというので洞窟内はざわめき立ち、持てるだけ持って帰ろうとする兵隊たちで部隊は「雑然たる集団」と化してしまう。

こんな中で二見の様子がおかしくなってきたのである。従卒の報告によると、全く睡眠を取らず一日中歩きまわっているという。彼の部屋に行ってみると、椅子に腰をかけ腕組みをしているその顔は痩せこけ、「焼けつくような鋭い眼の色」に変わっているではないか。立ち上がると「わかったぞ。おい。わかったぞ」といいながら部屋の中を歩き出すと通路へ出て行った。

その翌日も歩きまわる彼の姿があった。夜はほとんど眠っていないのだろう、充血した眼は黒瞳だけ光っている。「あいつはすこし変だぜ。どうしたんだ」といって特務中尉が士官室に入ってくる。そのことばで急に心配になった〈おれ〉はとび出した。

「二見。どうしたんだ」

おれは呼びとめた。すこし呼吸をはずませながら。二見は立ち止まっておれを見たが、じっと見ているだけで、しばらく何も言わなかった。そして突然手をのばしておれの腕をつかんだ。

「赤い駱駝だ」

静かで確かな声であいつはそう言った。あいつの眼は瞳孔が無意味にひろがって、おれの肩越しに何かを見つめているんだ。ぞっとしたおれは振り返った。それは夕焼けの時刻だった。水平線から紅色の夕焼けが立ちのぼり、それが海面にうつって朱を流したようだった。積乱雲が層をなして南の方に連なって、そこも薄紅色に美しく染まっていた。あいつの眼はそれを見ていたんだ。それは見ようによっては、駱駝の背中に似ていないことはなかった。おれは二見が、あんな雲を見ていると童話をかきたくなると言ったことを、その時微かな戦慄とともに思い出した。

なんとも見事な描写であり、「描写力の作家」といわれる作者の力量の片鱗をここに見ることができよう。

二見が自ら命を絶ったのはこの翌朝のことである。従卒に起こされ、部屋に行ってみると、卓にうつぶせになり、あたりを血だらけにしている。咽喉を刺したと思われる短剣が床に落ちていた。

この作品は、もともと軍人には向かない男が半ば強制的に予備士官に志願させられたために起こった悲劇を描いたものである。主人公の二見は体型も運動能力も軍人として人並み以下であったため、それを補おうと懸命の努力をするが、そのことが逆効果となり兵士たちにまで馬鹿にされる。アラ探しの格好の餌食となったのだ。彼の姿は、本人がまじめであるだけに滑稽であり、哀れでさえあった。

敗戦によって緊張の糸が切れた二見には自ら死を選ぶしかなかったのである。作者は反戦小説としては収まり切れないものを描きたかったのであろう。

（初出は『世界』一九四八年一〇月。「戦後短編小説選」1〈岩波書店〉所収）

広津和郎「靴」

〈私〉は、正月とはいえ、春を感じさせるような陽光の下、縁側で新聞を読んでいた。そこへやってきた女中が、乞食のような人が郵便局へ来てここの住所を尋ねていたことを知らせてくれた。だれだろう、乞食のような人とは……。そういえば昨年の春ごろ、失業したという労働者が訪れてきて、旅費を貸してくれというので、その求めに応じたことがあった。それは、第一次世界大戦後の不況の中、多くの失業者が汽車に乗れずに歩いていたのを思い出したからである。女中のことばに、そのような失業者が来るのだろうかと思うと、〈私〉は気が滅入った。

しばらくして、「兵頭さんという方がお見えになりました」と女中が告げにきた。あの兵頭善吉ではないのか、そう思いながら玄関に出ると、そこには一七、八年前に〈私〉が執筆場所として借りていた本郷の菊富士ホテルに訪ねてきたことのある彼が立っている。

「そのぼろぼろの着物は至るところ破れていて、胸や肩のあたりの破れ目から、垢によごれた肌が直接に空気にさらされてい」て、「ぼろの裾から真黒な素足が二本飛び出し、その足の先には形のくずれたズックのぼろ靴を」突っかけていた。まるでルンペン以下の姿である。

話は一七、八年前にさかのぼる。〈私〉は『文藝春秋』誌上で名もない新人の作品を読んで感心したことがあった。それは「一言一句もゆるがせにしないような」文章で書かれた好短編で、「小説というものに長い間余程心を籠めている人でなければ書けないような」作品であった。

この作者である兵頭が突然、菊富士ホテルを訪れ、帰りの旅費がなくなったので、原稿を若い女性向けの雑誌に紹介してほしいというのだ。そんな雑誌にあまり縁のない〈私〉だったが、一度原稿依頼をうけたことのある『若草』という雑誌のことを思い出し、紹介状を書いて渡した。そのとき、彼は〈私〉の書く文章について、平易なのはいいが、苦渋を重ねず、書き流しているのは物足りないと、初対面にもかかわらずいったのである。つい文章を書き流してしまう〈私〉の痛いところをずばりと衝いた彼のことばには肯くほかなかった。このときから兵頭のことが強い印象として残っていたのである。

兵頭は、頭の中に一言一句まで完全に作品ができあがってから筆をとるという。筆を握ってみなければ作品が書けない〈私〉にとって、それは驚異としかいいようがなかった。だが、その後彼の作品を目にすることもなく、いつのまにか歳月を重ねていた。

〈私〉は戦争中の苛立つ気持ちを紛らわすために奈良へ出かけて行き、そこでできた友人に兵頭のことを尋ねてみた。するとその友人は「あれは何処でも相手にしません」という。志賀直哉や滝井孝作、尾崎一雄などともつき合いがあったらしいが、今はそれもなくなったのであろう。彼の性格破綻的なところが原因ではないかと思われた。それにしても「苦渋を経ない平易」というきびしい指摘は、その後も〈私〉の頭に残っていた。その彼が一七、八年ぶりに訪ねてきたのである。

彼が志賀の機嫌を損ねているということを知っていた〈私〉がいきなりその件を尋ねると、「志賀さんは僕の頭がいかれていると言いますが、僕は決していかれていません」といい、尾崎の家にも訪れたが、怒鳴り返されたことをつけ加えた。

玄関の敷台に腰を下ろした兵頭は、家族にも親戚にも見放され、東京の叔母のところへ行ったのだが……と身の上話を始める。〈私〉には君から身の上相談をされてもどうにもならないし、身の振り方を頼まれても何もできない。ただ、君の小説の発表についてのことだったら相談にのってもよいが、今はともかく故郷の大和に帰りたまえ、それくらいの旅費だったら何とかする、といって金を渡した。

ところがその翌々日、大和へ帰ったと思っていた彼がまたやってきて、ついふらふらしているうちに金を使いはたしてしまった。「どないしたら宜しゅうおまっしゃろ……」と関西弁丸出しでしゃあしゃあというではないか。この、人を小莫迦にしたような言い草に〈私〉は無性に腹が立ってきて、「僕はもう知らない。帰り給え」と怒鳴る。そして、奈良の友人が、だれも相手にしないといったことが納得できるような気がした。だが一方では、「僕の頭はいかれていません」といったときの様子を思い出し、常識では理解し難い彼の気持ちを推し量ってみるのだった。

彼には何かの信条がはっきりあるのではないか。他人には通用しないが、彼だけにははっきりそれで弁解も説明もついているような。――それで彼だけは一人合点にその気持ちに自分で甘えているのではないか。

一つの短編の一字一句まで全部を頭の中で纏めあげてしまうような緻密なものを持っていながら、生活のこととなると、そうした緻密な考えが全然なく、方々に鼻つまみにされる程迷惑をかけて歩かなければならないというのも不思議な脳の現象である。（略）（彼は）一種の芸術至上主義者で、自分ではそれ故に他の一切を顧みないで、そのために（だれにも）理解されないと思って歯噛みしているのではないか。（略）「今に見ろ、書いてみればそれで何もかも解るんだから」と思いながら、今でも小説を考え、その事に自分で甘えて、一つの信条を持ちつづけているのではないか。

要するに作品を書けばよい。そうすれば何もかも弁解がつくのだ。あの葛西善蔵のように。そう思うと〈私〉から彼への怒りが消えていった。

兵頭は〈私〉に金の無心を断わられると、その足で志賀のところへ行き、「今広津さんの処にホコ先を向けたら、怒鳴られました」といったそうである。志賀も、大和へ帰るようにといい、旅費を与えた。〈私〉はこのまま故郷に帰ってくれればいいが、と案じていたが、志賀の家にも現れなかったというから杞憂に過ぎなかったようだ。ここで作品は終わる。

坂本育雄氏は、広津和郎の小説を、①「神経病時代」を代表作とする性格破産者小説（広津は性格破綻者と呼んでいる）、②「訓練されたる人情」などの所謂系譜物、③「静かな春」、「小さい自転車」などの私小説、④「針」や「あの時代」といった文壇交友録小説（実名小説）の四つに分類している（『評伝・広津和郎』）。

この作品は主人公の兵頭善吉（実名は兵本善矩）を除いて実名で書かれていて、その点では実名小説ともいえるが、「性格破綻者」をえがくところに主題があり「性格破産者小説」とみるべきである。

これは、小説家としての矜持とすぐれた才能を持ちながら、社会常識を欠き、他人の迷惑をも顧みない行動によって生活的落伍者、「余計者」とみられる主人公のあまりにも甘ったれた態度に辟易しながらも、その存在を否定しえない〈私〉や志賀直哉を通して、性格破産者にたいする一種の理解を示した作品であるといってよい。

（初出は『別冊文藝春秋』一九五一年三月、「広津和郎著作選集」〈翰林書房〉所収）

中野重治「司書の死」

〈おれ〉は、高木武夫が出世しようとは思っていなかった。それどころか、ある大きな図書館の司書として死んでしまったのである。一九五〇年六月半ばのことであった。この作品はその死の顚末を中野独特の文体で描いたものである。

図書館に勤める人は、給仕の少年から昔風の老人にいたるまでみなおとなしく、本を愛していて、出世など頭にないように見える。

一九三五、六年ごろに中村地平という記者が「都新聞」にいて、小説も書いていた。彼は台北高校で杉山彦七という先生からドイツ語を習ったという。杉山は高校時代に〈おれ〉と同級だった。その生徒が「新しい文学の世代」として世に出てきている。何か「不思議な思い」がした。この中村もおとなしく、おっとりした男だった。やがて病気になり、今は図書館にいる。こんな人物が図書館には多いのだろう。「おとなしい人々、反抗的でない人々、善良で、どこかで人間の良さを信じている人々」、そんな人たちなのだ。高木武夫もそのような人間の「一人でなくはなかった」。

彼は杉山と同じ〈おれ〉の高校の同級だったが、旧制高校生らしい衒《てら》いもなく、そのため当時の雰囲気の中では存在そのものが「皮肉に見えることさえ」あった。二人とも東京の大学のドイツ語科へ進んだが、教室で顔をあわせたことは二、三度しかない。卒業後、省線電車の中で会ったので、今何をしているのかと聞くと、図書館員の養成所に勤めているといっていた。

それから、戦争、敗戦、米軍の占領……と時が過ぎていった。そのあいだに知人がだいぶ死んでいった。高木もその一人だったのだ。

ある日、〈おれ〉は知り合いの大学生の裁判を傍聴に行く。アメリカによる日本の植民地化や大学生にたいする政府の抑圧、大学経営者のそれへの屈服に反対したという理由による裁判だった。このささやかな抵抗にたいして大学当局は学生らを警察側に引き渡したのである。

制服を着てノートを持って、ベンチにかけて静かに大学経営者側からの返事を待っていた学生群へ、武装した警官隊がおそいかかってこれを殴りつけた。彼らは、アメリカ政府から与えられた樫の警棒を——それは銃床と同じだけ堅かった。——ラシャの学帽の上からまっすぐ脳天へ打ちおろした。学生たちが、自分のからだから出て溜りになった血のなかへ前のめりに倒れてうつ伏した。同じ溜りへ飛んだノートが赤黒くそれを吸った。ありさまはニュース・カメラに収まった。警察も大学も、カメラを目に入れてたじろがなかったのだった。見せしめという残酷な熱情が彼らを燃やしていた。そしてこの学生たちを、警察をでなくて、国家が告発した。それが今日の裁判なのだった。

休廷となったので外のベンチに腰を下ろして休んでいると、〈おれ〉の名を呼ぶ声がする。そこには、高木武夫の年上のいとこにあたる高木清士教授が立っていて、高木の亡くなったいきさつを話してくれた。

アメリカ軍の占領の下でさまざまな変化があった。治安維持法の廃棄、軍隊の解体、政治活動や組合結成の自由、検閲の廃止など……。そんな中、国立国会図書館の創設もあった。そして、日本の図書館員がアメリカへ呼ばれることになる。高木がその中の一人として選ばれた。彼の仕事は半年ほどで終わり、一九五〇年の五月の末に帰国することになったが、きびしい制限のためなかなか乗船できない。やっと船を見つけることができたが、それは軍の貨物船で、まるで「走る兵営」だった。

高木が発病したのはハワイを経て横浜に近づきつつあったときである。腹に突然激痛が走り高熱を発した。虫垂炎だと思ったが、軍医は肺炎だという。手当をうけるが効果はなく、再度の診察の結果、虫垂炎だとわかり、獣医じゃないかと思われるような軍医によって手術が行われる。船は横浜へ近づいているのに家族への連絡の許可も出なかった。それに、今どこを航行中であり、横浜へいつ着くのかも軍の機密だというのだ。雨に濡れ、衰弱しきった高木を乗せた船が横浜に着くと、波止場の軍用ベッドに彼は寝かされた。それを見かねた日本の役人が船長にかけ合い、家族への連絡をとってくれた。

日本の病院に移された高木は治療をうけたが、一命を取りとめることができなかったのである。その後、外国関係の役所に呼び出された妻は、夫の死のいきさつについて口外してはならないと言い渡される。六月二五日のことであった。

新聞はつぎのように報じた。

「二十五日午前四時頃、南北鮮境界線である三十八度線にそった春川、甕津、開城付近と東部海岸地区などで、北鮮軍と韓国軍とのあいだに戦闘が開始された。これに関して韓国政府は同日北鮮とのあいだに全面的内戦が発生したと公表したが、同日朝の北鮮側平壌放送は、韓国側にたいして正式に宣戦したと伝えている」

朝鮮戦争の勃発を知った彼女には、役所でのきびしい口止めや電報が許可されなかった理由がわかるように思えた。また、「消極的なあののんきものに似合わず、貨物船にまで取りついた」夫の行動も理解できた。このような緊急事態が起こらなければ、軍用貨物船に乗ることもなく、「人間以下」の取り扱いもされず、命を落とすこともなかっただろう。彼女は「足ずり」する思いに駆られるのだった。――

法廷の再会が告げられる。立ちあがった高木教授は、武夫の娘も大きくなり、父の死をそれなりに受け止めているようです、というと、法廷に戻って行った。〈おれ〉はまだその娘を訪ねていない。そのうちに、いつのまにか丸四年目の命日がきてしまった。

作品は結末の部分で、マルクスが二人の娘とかわした問答が紹介される。いくつかの質問の中で、「好きな仕事は?」と聞かれたマルクスは「本の虫になることだ」と答えている。〈おれ〉も本食い虫になるのが好きだし、高木もそうだったにちがいない。「これを書いて、司書高木武夫のためにおれは祈ろう」――このことばで作品は閉じられる。

出世とは縁のない、本を愛する善良な一人の司書が朝鮮戦争の勃発直前、非人間的な扱いのため一命を落としてしまう。それは助けることのできる命であった。それが、開戦を間近にひかえたアメリカ軍の機密保持のための犠牲となったのである。そのことを作者は告発したかったのであろう。まさに朝鮮戦争の「前夜」が一人の司書を殺してしまったのである。

作品では、文部当局のいう「過激分子」はすでに大学から追放されていて、残っている「落ちついて、おとなしくて、ほとんど行きすぎるほど理性的だった大学生たち」まで警官隊によって暴行をうけたうえ、逮捕され、裁判にかけられる場面が描かれるが、これを開戦への一つの伏線と見ても的はずれにはなるまい。

〈初出は『新日本文学』一九五四年八月号。旧版「中野重治全集」第三巻〈筑摩書房〉所収〉

井上靖「幽鬼」

天正一〇年五月、「炎暑を思わせるような烈しい陽光が毎日のように丹波一帯の山野を焼き、下旬にはいると天候は崩れるかに見えたが、曇った空の下に微風もない窒息するような蒸し暑い日が続いた。この夜も暑かった」。

一万七〇〇〇の兵を率い、居城亀山城を発した光秀は馬上にあったが、それでも全身が汗に濡れている。ここ二、三日、ろくに眠っていない彼は「疲労が悪寒となって、吹き出す汗はすぐ皮膚に冷たく滲みる」のであった。

これから三木原へ出るか老の坂へ出るか、まだ決心がつかない。老の坂へ出ればその道は京都に通じる。信長と嫡子信忠が京都に入ることも聞いていた。今、信長を討てば、これまでの苦労も報われるのだ。だが「時は今あめが下知る五月哉」と詠んだ光秀ではあったが、信長の首を取ったあとの行動が自分にもはっきり見えてこなかった。その彼を決断に踏み切らせたのは、信長は本能寺に、信忠は妙光寺に、それぞれほとんど無防備の状態で入るとの知らせを聞いたためであった。五月二九日のことである。

信長のもとには徳川家康、柴田勝家、滝川一益、丹羽長秀、それに今、毛利攻めを行っている羽柴秀吉がいる。これらの武将に先んじて天下を狙うにはこの機会をおいてはない。信長父子を討ったあとは、毛利、上杉、北条、長宗我部などの反信長勢力と手を結び、さらに信長の武将たちにも誘降の使者を送り、自分は安土城を攻める。長岡の細川藤孝、忠興親子、ことに忠興は娘婿であり、要請に応じないことはあるまい。光秀はそのような思いをめぐらせていた。

光秀の軍勢は暗闇の中、微風さえ吹かない蒸し暑い山野を進んで行く。光秀は自分の前を行く徒歩部隊に追いつこうと急いだが、その間隔は一向に縮まらない。それどころか、考えてみると、自分の前にはだれもいなかったはずだ。

光秀は馬を停めた。

「あの者たちはだれの組の者か」

光秀はぴたりと自分の馬の横に馬体をくっつけている溝尾勝兵衛に訊ねた。

「は？」

曖昧な返事があっただけで、溝尾勝兵衛はあとの言葉を口からださなかった。

「先を行く者はたれの組か」

「先を行くと申しますと？」

「あれが見えぬか」

そこまで言うと、光秀はあとの言葉を続けず、

「蒸し暑い夜だのう」

と話題を反らせて言った。光秀は溝尾勝兵衛には見えぬものが自分だけに見えているらしいことに気付いたからである。


あらためて前方を見た光秀の目に映ったのは「まるで一塊の置物でもあるかのように微動だにせず闇の中に坐っている」集団であった。そのとき、彼は驚きの声をあげたのである。彼らが背負っている指物の図柄がなんと「身をくねらせた一匹の百足」だったのだ。それは三年前に光秀によって滅ぼされた丹波の豪族、波多野氏の旗印である。それが今、自分の目の前にある。自分にしか見えない幻の一隊だった。

光秀が波多野氏一族を滅ぼしたのは天正七年のことである。彼らが立て籠もった八上城は峻険な山地にあり、その抵抗も激しく、攻めあぐねた光秀には兵糧攻めにするほか手が

なかった。城を包囲していた光秀は、やがて三〇〇〇の城兵の助命と主将秀治らの本領安堵を条件に降伏をすすめる。それに応じた秀治らは手厚く遇されたが、信長に謁することを光秀に求められた秀治は激怒、折角の宴席は修羅場と化した。捕縛された秀治は安土へ送られる途中、乱闘のときに負った傷がもとで命を落とし、弟の英尚ら一二人は安土において信長によって首を斬られる。この処刑に立ち会った光秀の頭からそのときの光景が離れなかった。刎ねられた一二人の首とともに秀治の首も並べられたが、「その時秀治の首はどういうものか、地面を転がって行って、一族の首の中にはいると、そのまま眼をむい」て地面の上に立ったのである。

三年後の今、光秀は信長暗殺というあとには退けないところに来ていた。部隊に小休止を命じると、主だった家臣を集め事を打ち明け、全軍に本能寺襲撃を指示する。

それは成功したが、そのあとには秀吉との戦いが待っていた。戦は一日で終わった。敗北である。わずかの従者を連れて敗走する光秀は疲労困憊の状態で馬上にあった。そのとき、突然足音とともにざわめきの声が聞こえてきた。だがそれは近づいてはこないが、歩き出すとまた足音は聞こえてくる。まるでそれは光秀一行と歩を合わせているように思われた。

光秀はぎょっとして闇の中を見つめた。そこには、波多野の百足の旗指物を背にした三〇人ほどの一団が歩いているではないか。「前を行く者たちが見えるか」との光秀の問いに、「何でございますか」と、何も見えない様子で部下は答える。「ここでしばらく休息しよう」といって光秀は馬を降りた。「老の坂へ自分を引っ張った幻の武士たちが、再び自分を捉えている。自分ばかりではない。今ここにいるすべての者にその幻の音が聞こえている。蹬音や、話し声を、皆の者の耳から消してしまわなければならぬ。そして自分は更に己が眼から波多野氏の武士たちの幻影を取り払ってしまわなければならぬ」と思ったからである。

雨は相変わらず降っている。再び馬に乗った光秀の前方には、篝火《かがりび》に照らされ「身を焦がすほど赤く染まっ」た波多野の武士たちの一団があった。追い払おうとしても、その幻影はどうしても消えなかったのである。彼らに向かって突進しようとしたとき、光秀は脇腹に「火のような疼痛が走ったのを覚えた」。突き刺さった竹槍を引き抜き、たぐり寄せると「波多野秀治！」と声にならぬ叫びをあげる。それは「口をきつく結び、半眼をあけて宙を睨んでいる」秀治の顔に見えたからである。

つづいて二度目の疼痛が走る。竹槍が脇腹から背中をつらぬいた。光秀は叫んだ。「幽鬼！」。しかし、そこにはもう秀治の顔はなく、一人の野武士の「小さい野卑な眼をらんらんと光らせた」、「品のない顔」があるだけだった。幻は消え去ったのである。「そして二度と覚めることのない休息にはいるために」、「光秀は前にのめった」。

明智光秀や本能寺の変は、ことに時代小説の中で多く書かれている（最近では、講談社から出た津本陽の『本能寺の変』［二〇〇二年］がある）。「幽鬼」も光秀を主人公にしているのだが、天下取りの夢が破れ、悲惨な最期を遂げるという単なる悲劇の人物として描くのではなく、何が彼を本能寺に向かわせたのか、なぜその目論見がはずれたのかを無駄のない文体で描くとともに、三年前に滅んだ波多野一族の幻影とたたかう主人公の苦悩に焦点をあてたところにこの作品の特徴がある。また、幻は見ても、それは極度の疲労のためだとして〝幽鬼〟の存在を信じようとせず幻と格闘する主人公の姿には鬼気迫るものがあり、作者の筆の冴えを見ることができる作品でもある。

（初出は『世界』一九五八年五月。「戦後短編小説選」第三巻〈岩波書店〉所収）

窪田精「遠いレイテの海」

真っ黒い重油が一面に浮いている暗い海で、夏男が流されながら、トメを呼んでいた。波が高く荒れ狂い、空からはぬか雨が降っていた。夏男は浮遊物の木片にすがって——しきりにトメを呼びつづけながら流されてゆく。いまいってやるぞ、待っていろよ……いまいってやるぞ、待っていろよ……トメは夢の中で夏男を追いかけながら、おいおいと声をあげて泣いていた。目をさますと、トメはフトンのうえにうつぶせに、なかば起きあがっていて、枕がびっしょりだった。

フィリピンの海で、トメの次男の夏男が戦死したとき、四八だった彼女も七〇になるが、今でも恩給を受け取りに行った日にはこんな夢を見る。この四〇〇戸の村でも一五〇人が出征し、その半数が戦死した。トメは恩給をもらうたびに、となりのキチから孝行息子が

「あの世から親に小遣いを送ってくる」とか、うちでも一人ぐらい死んでくれればよかったのになどといわれるのだった。

トメは七一になる夫の清吉と二人暮らしだが、キチは七つも部屋のある二階建ての家に一人で住んでいる。電気器具は一切置かず、小さな電灯が一つあるきりで、古ラジオでさえ電気代を節約するため止めたままである。新聞も取らず、村営の水道さえ引いていない。また、畳も敷いておくと切れるからといって、自分の寝る部屋以外は納戸に積み上げている。これ以上節約のしようのないくらしだった。

集落はちがっていたが、同じ八ケ岳山麓の村に生まれた二人は、小学校四年を終えると年齢をごまかして信州の製糸工場に働きに出る。生糸の輸出が盛んで、信州の岡谷から下諏訪一帯にかけて数十の工場があった時代である。一二歳を一四歳といつわっても会社は見て見ぬふりをしていた。

トメたちが働いたのは女工が三〇〇人ほどの工場で、五年間の年季で証文を入れると、最初の一年は無給で、二年目から食事付きで年に一〇円もらえることになっていたが、働き者の二人は二〇円ずつもらった。「こんねんちいさくて、二十円も持っていきゃあ、親あよろこぶらなあ」といわれたことを、六〇年たった今もトメはおぼえている。

こうして一四年間、「繭を煮る釜の湯のなかに指をつけつづけて——手の皮がうすくなるまで」働きつづけたのであった。姉も妹も製糸工場で働いたが、姉が過労のため結核でなくなったので、トメは婿を取って家を継いだのである。

トメの夫の清吉は呉服屋の年季奉公をつとめあげ、ノレンをわけてもらうと村で店を開いた。商売はうまくいき、「そのころはやった松山絣や大正絣、矢絣などさまざまな反物のなかに坐って、切り売りのモスリンなどを物さしではかっていた」。二人の子供も学校の成績がよく、夫婦にとって幸せな時代だった。

一方、父の反対を押し切って家のない徳蔵といっしょになったキチは、稲荷神社のお堂を借りて住んでいた。二人は文字通り身を粉にして働いた。農作業や養蚕の手伝い、その合間には土木作業、夜は村有林の粗だおろし、家に帰ると草履を編むといった具合である。朝飯はくず野菜を入れた雑炊、昼と夜は仕事先でもらって食べた。町へ出る街道端によろず屋ができて四年目に、はじめてキチがメザシを買ったと評判になるほどであった。キチは一一人の子供を産んだが、そのうちの四人が死んでいる。原因は栄養不足と凍死であった。

徳蔵夫婦がトメの家の東側に辛苦の末、「造作ぬきで素作り千両」の家を建てたのは一〇年後のことである。つぎに二人は、三〇〇〇円貯めて一町歩の地主になる計画をたてる。生活はますます切りつめられ「一銭の金もくだいてつかう」という主義に徹した。

徳蔵は賃仕事から帰ってくると、その日にもらった一円札のシワをのばして床下のカメにしまうのを日課としていた。

ところが半生をかけ、命を削るようにして貯めた三〇〇〇円も、敗戦後のインフレによって工員の一カ月分の給料の価値しかないようになってしまった。そして徳蔵も長年の過労がたたり、敗戦の二年後に世を去る。

ひところ繁盛していたトメの店も昭和初年の恐慌で繭の値段が暴落したため、そのあおりをうけて問屋に借金を残して倒産する。清吉はブラジル行きを考えるが、その決心がつかず小作にもどってしまう。

一五になった長男の雄治は、東京に出て苦学するとの手紙を残して家を出たまま音信不通となる。数年たったある日、神戸の刑務所から葉書が届いた。無産運動に関係したため逮捕され服役中だというのだ。面会に行った清吉の前に現れたのは「剣を吊った看取に付き添われたまだ十九の雄治」が「格子に囲まれた一坪ほどのせまい面会室のなかに、赤いつつ袖の囚衣を着て、ぽつんとすわってい」る光景だった。家から持参した差し入れの食べ物も許可されず持ち帰る。

清吉夫婦は雄治が「アカ」で捕まっていることをかくしていたが、いつの間にかその噂は村中に広まり、そのころまだ元気だった徳蔵が「不名誉なことだ」とくだをまいたこともあった。

弟の夏男が海軍に志願するといい出したのは昭和一八年、戦局が悪化する一途をたどり出したころである。「お母ちゃん……おらぁねえ、海軍にいって、兄さんのぶんまでがんばるよ……」といって海兵団に入隊したのである。そして、昭和一九年の一〇月、レイテ湾で戦死。戦後になって白木の箱が届いたが、その中には、戦場に行く前に撮ったものと思われる一枚の写真が入っているだけだった。それは、白い水兵服を着て、はにかんでいる夏男だった。

雄治は戦争が終わった年の暮れに刑務所を出ると、共産党の活動をするために東京へ出て行き二〇年がたった。あとに残った清吉とトメは百姓をしてくらしを立てている。

特攻隊員だったキチの長男、予科練あがりの二男、それにその弟の三人は、それぞれ身を持ちくずし荒んだ生活を送っていた。——

昔はいっしょに製糸工場で働いたトメとキチがたどった対照的な来し方を描いた作品である。しかし、そこには貧しさ、度重なる不運と不幸、時代に翻弄され押し流されていくという共通項があった。恐慌のあおりをうけての倒産、長男の投獄、そして二男の悲惨な戦死の場面を夢に見るトメ、辛酸をなめながら蓄えた財産が敗戦後のインフレによって価値がなくなってしまったうえ、軍隊から帰った息子たちに苦労させられるキチ……。いずれも時代と戦争の犠牲者だったのだ。

トメの見る夢は、「遠いレイテの海で（自分は）恩給などいらぬから、夏男を返せ、夏男を返せと叫びながら、流されてゆく」、「そして軍艦がたくさん沈んだのだから人がおおぜいいるはずなのに、その暗い広い海の中を夏男が一人で、苦しそうにもがきながら流されている」場面であったのである。

作品の冒頭と結末の部分に夢の場面が書かれていて、「アカ」として刑に服している兄のこともあり、自ら志願してレイテの海に消えていった息子へのトメの思いが切々と伝わってくる見事な反戦小説である。

（初出は『民主文学』一九六六年四月。「フィンカム」〈本の泉社〉所収）

古山高麗雄「戦友」

〈私〉は、戦友とは親しい兵隊仲間や「前線で戦闘を共にする同僚のこと」だと思っていた。つまり「横の関係」だと認識していたのだが、軍隊に入ってみてそれがまちがいだったことを知る。

入隊した新兵は内務班に入れられ、そこで戦友が指定されるのである。「A一等兵がお前の戦友だ」という具合に。戦友が決まると、新兵は靴磨き、洗濯など身のまわりの世話をしなければならない。いわば「縦の関係」だったのである。したがって「戦友殿」と呼ばなければならないことも知らされた。

内務班は新兵教育の場であり、二人を向かい合わせて殴らせる対向ビンタ、一列横隊に並ばせて順々に殴っていく整列ビンタ、寝台の下を潜らせてその間から首を出し、ホーホケキョを繰り返させる鶯の谷渡り、銃架を遊廓の格子に見立てて「ちょっとお兄さん、寄ってらして」といわせる女郎屋、あるいは汚れた雑巾で顔をふかせたり、靴の裏をなめさせたりさせるのである。サディズムというよりほかなかった。

〈私〉の部隊は戦地に赴くことになり、ビルマのイワラジ河のほとり、ネーパンという村に駐屯することになった。ここで軍用トラックの運転手が、「街道荒らし」と呼んでいた英印軍の戦闘機の機銃掃射に遭う。ボンネットを上げてエンジンの無事を確かめると、そこで倒れたという。いっしょにいた兵隊は「木口小平みたいな人だよ。立派だよ。これだけの重傷を負ってよ」といった。

一太郎やーい、や、木口小平、や肉弾三勇士などの話を、私は、その頃すでに、立派だとは思えない青年になっていた。それも、社会に必要な虚妄の共有であって仕方がないことかも知れないが、虚妄の作り方が、私には、気に入らないのであった。忠君愛国を奨励したいなら、もっと気の利いた話を持ち出したらどうだ。一太郎が見送りに来た母親に鉄砲を上げて見せた話も、木口小平がラッパを口に当てたまま死んだ話も、それをあんなふうに忠義や孝行に付会しなければ、それなりにいい話かも知れないのだが……。

（略）いつ、どんなときに言ったのか覚えていないが、木口小平が死んでもラッパを口から離さなかったのは、弾丸に当たったとたんに、体が硬直してしまったのだ、と私は誰かに言った。肉弾三勇士は、逃げそこなって吹き飛ばされてしまったのを、軍や新聞が忠勇美談に仕立てたのだと言ったことがある。

さらに作者は、当時の状況について、あらゆるものが是か非かに分けられてしまう社会であって、そのどちらでもないという選択肢はなかった。〈私〉は「そういう社会を嫌悪した」。「戦時中、国民は皆、天皇陛下のために命を捨てた、などと言うが、ごく一握りの人たちのほかは、それは掛け声でしかなかった。違った声を出すことができなかっただけである」と書く。

ところで、母や妹の死に目に会えず、人の死の瞬間を見ることのなかった〈私〉がはじめてそれを目にしたのは、ビルマのカレン族の一人が日本の憲兵に斬首されるときである。カレン族は親英的で、スパイ活動をしているとして、公衆の面前で首を斬られたのである。それは、たるんでいる日本兵に気合をいれるためのものでもあったらしい。また日本軍は彼らの部落に銃弾を撃ちこんだり、焼き払ったりした。

半年間駐屯したネーパン村を出て部隊は北上、雲南戦線に向かう。何昼夜にもわたる貨物自動車による旅であった。ラングーンからマンダレー、そして芒市からは徒歩での行軍となる。ここは中国領内であり、部隊は北ビルマから国境を越えて雲南省に入ったのである。

やがて「殺人峠」と呼ばれる芒市からそう遠くないところで一人の兵が死んだ。「そこには、道が、半円を描いて山の中腹に付いてい」て、中国兵はそこを通過する日本兵に向かって迫撃砲を撃ちこんでくるのだ。まさに狙い撃ちだった。その砲撃の合間を縫って、向こう側の砲弾の飛んでこない場所まで一気に駆け抜けなければならないのである。〈私〉はあの一等兵のつぎに駆け出すことになった。飛び出そうとしたそのとき、前方で炸裂音が響いた。すぐ飛び出した〈私〉の前に、その兵隊は「鮮血に濡れて倒れていた」。〈私〉はその「戦友を見下ろしながら必死で駆け抜け」る。そのとき、〈私〉には「しっかりせよと抱き起こすようなことは」できなかった。

そこから〈私〉たちの部隊は竜陵に向かう。守備隊救出が目的だとのことだったが、〈私〉にはそこを死守するためだと思われた。「わが軍は勝算のない戦いを、無理に勝算ありげに戦っているように感じられた」。いや、勝算どころか、「負けてはいけないというだけの理由で、やみくもに踏んばっているように感じられた」のだ。

竜陵の山中を転戦しているうちに、雲南での戦闘は九州の部隊に任せられることになり、〈私〉たちの部隊は仏印に移動することになった。そのとき、マラリアに罹り、〈私〉は野戦病院に入院することになる。そこで見たものは「草の上で、ぼんやりとしゃがみ込んでい」る鈴木源蔵の姿であった。「どうした、元気がないね」と聞くと、「下痢をしてな、止まらないんだ」という。それが最後に見た鈴木だった。迫撃砲弾の破片をうけて死んだ山田兵長があるとき〈私〉の肩をつかんで、これじゃとても機関銃は担げないといって自分の肩をつかませたことがある。肉のつき具合を比べるためであった。それだけのことだったが、今でもそのことを忘れることができない。〈私〉にはそんなことが懐かしく思い出されるのであった。

戦場は理屈どおりにいかないところである。人の生き死になども運で決まるとしかいいようがない。「殺人峠」で、もし五、六秒早く〈私〉が飛び出していたら自分が死んでいただろう。吉田一等兵がうけた「小豆大の鉄片」がもっと大きくて五センチもはずれていれば心臓に突き刺さることもなかったにちがいない。

だがそんなことを思っても「鎮魂にも慰霊にもなりはしない」。また、「自分だけ生き残って申しわけないだの、後ろめたいだのと私は言えない。(略)そのようなことを言ってみても、私は解放されもしないし、楽にもなれない」のである。――

これは、大岡昇平の「野火」のような戦争文学、内務班を描いた野間宏の「真空地帯」、あるいは有馬頼義、棟田博、伊藤桂一の戦記物、兵隊小説とも一味ちがう作品である。戦友への思いがモチーフになっているが、感傷に流されることはない。また、一等兵という下級兵士にとっての不条理の象徴である内務班と戦場が描かれるが、その眼は冷たいほど理性的である。さらに「一太郎やーい」や木口小平、肉弾三勇士などの虚像を裸にすることによって戦争美談を批判し、人間とは「あの兵隊は、立派、という言葉を口にするたびに、楽になる。（略）何かを言い、言ったことで薄くしてしまう。薄くすることで楽になろうとする」ものだと、美化することの本質を衝く。

ともかく、彫りの深い異色の一編である。

（初出は『季刊芸術』一九七七年一〇月。「プレー8の夜明け」〈講談社〉所収）

石川達三「挫折」

〈私〉たち七人兄弟の末弟として明治四五年七月に生まれた忠司は、一一年間に七人の子を産んだ母親のせいか、その不健康さを受け継いだようで虚弱な体質であった。

その年の九月、父の転勤のため一家は東京から岡山に移る。母が急逝したのは二年後のことで、まだ三七歳だった。父は再婚し、三歳の弟は継母の手で育てられることになる。教師をしていた新しい母は七人の子供たちを「正しく立派な人間に教育しよう」としたが、「それは懇切な教育であって、実の母の愛育とは、どこか手ざわりが違っていたにちがいない」。それは、「本能的な愛情」ではなく「知的な愛情」とでもいうべきものであったろう。

小さいころから読書好きで知能も高かった弟の忠司は岡山の第六高等学校に進み、弁論部で活躍するが、それが禍をもたらすことになる。寄宿舎問題から学生の騒擾事件が起こり、忠司は雄弁であったため首謀者の一人として、事件に介入した警察によって検挙された。反抗的な学生は左翼とみなされたのである。彼は「心にもなく赤の烙印をおされ」退学処分をうけた。卒業の一カ月前のことである。

このことによって彼はすべての官立の高校と大学から入学を拒否され、官途につく道をとざされてしまったのだ。そこで兄の友人を頼り八方手をつくした末、なんとかN大学予科の三年に編入することができた。その後は弁論などから離れ「孤独な学究の日常」を送り、大学在学中に司法科と行政科の高等文官試験に合格する。異例のことであった。

大学を卒業すると内務省か司法省に就職しようとするが一顧だにされなかった。六高時代のことがあったからである。四年たってもアカのレッテル（それも事実ではなかったのだが）は消えていなかったのだ。

官途をあきらめた忠司は弁護士になることを志し、法律事務所に勤める。そして二年後に結婚、その翌年、自宅の一室に弁護士事務所を開いた。ここでは民事事件を扱ったが、弁舌の才能が生かされ、二七歳の若さで有能な弁護士となる。かつて挫折を味わったできごとが幸いしたわけである。

結婚から二年目に子供ができるが、それは「一家の不幸の予告」であった。出産後、もともと頑健でなかった妻の体力はおとろえ、肺結核の症状が出て数年間の闘病生活が始まったのである。幼い子供は年老いた母が引き取って育ててくれることになる。日中戦争が始まったころのことであった。

昭和一二年一二月、〈私〉は南京陥落のあと、戦場視察のため従軍、この戦いを取材し作品を発表したが、「日本軍の暴行、軍規紊乱」の実態を描いたため新聞紙法違反として警視庁に連行された。この作品が掲載された昭和一三年三月の『中央公論』も即日発禁となった、いわゆる「生きている兵隊」筆禍事件である。

四月に第一回公判が開かれ、忠司と先輩の福田弁護士の二人が弁護に当たってくれた。八月に判決が下され〈私〉は執行猶予となるが、検察側は控訴。その後の控訴審で忠司は大熱弁をふるって弁護してくれた。その結果であろう、第一審と同じ判決が出たのである。戦争の激化はますます国民生活を圧迫し、ことに医薬品の不足は肺結核を病む忠司の妻の病状を悪化させていった。そんな中、彼女はカトリックの洗礼をうける。「もはや現世の幸せを捨て、良人の愛にすがるよりも神の手にすがり、神のみもとに行くための心の支度をしていたのだった」。

昭和一七年一月、〈私〉は海軍の徴用命令により報道班員として仏印へ向かうことになる。留守中に忠司の妻の葬式を出すことになるかもしれないが、そのときはよろしく頼むといって出発した。予感は当たり、三〇歳になったばかりの彼女はその短い生涯を終えたのである。

妻の死から一年ちかく忠司は独身生活を送るが、この間がもっとも充実したときであったろう。弁護士の仕事はますます増え、講師をつとめていたN大学でも二つの講座を持つ助教授となる。また著書も出し、実務家だけでなく法律学者としても知られるようになっていったのだった。そして再婚。だが「怠惰であり、愚鈍であ」り、「一日の時間をもてあまし、鏡台の前にすわって半日を空費する」といったような女であったため半年で離婚する。そのころの俳句、「秋暑し　糟糠ならぬ妻を捨つ」。

このころから忠司のからだを結核菌が冒しはじめる。妻は亡くなったが病菌だけは彼の中に生きていたのである。

結核は、あの敗戦にちかい国内の状勢にあっては、ほとんど不治のやまいだった。ほしい薬は手に入らず、必要な栄養も全く買えなかった。配給の米には肥料にする大豆糟がまぜてあった。新鮮な野菜も三日に一度くらい少量の配給があるばかりだった。肉類、バター、卵、果物、何ひとつ満足には買えなかった。冬を迎えて病室に炭火もなく、電気も瓦斯も制限されていた。胸を冒された者は死ぬよりほかに方法もなかった。

その後も彼は病いをおして法廷で熱弁をふるい、大学の講義も欠かすことがなかった。病状が思わしくないにもかかわらず、依頼のために熊本市の裁判所に出かけた。大喀血をしたのは熊本市の宿でのことである。大量の血を吐きながらも、翌日は法廷に立ち弁護のために熱弁をふるった。だが、帰京した翌日から病床につき外出もできなくなってしまう。

やがてサイパン、テニヤンも米軍の手におち、戦局はいよいよきびしくなっていった。昭和一九年も秋になると、東京上空にB29が飛んでくることも珍しくなくなっていく。

病床の忠司の世話をしてくれたのは、母の知人だという一人の婦人で峯子といった。彼女は「宗教的な信念によって」献身的につとめてくれた。このころから忠司は手記を書きはじめる。それはみなし子になる一人息子に残す遺書であった。彼はこの手記を書き終えるまでに二カ月を費やした。それは「自分の命の終わりとこの手記を書き終えるのと」の競争でもあったのだ。

病気の進行とともに不眠症に悩まされていた忠司は睡眠薬の量を増やしてくれと医者に頼む。届いた薬の袋には使用量についての注意書きはなかった。医者は忠司の意志を悟ったのであろう。峯子がその死に気づいたのは翌朝のことであった。いつものようにきちんと枕の上に頭をのせ「痩せた両手を胸の上に組んで、静かに」息をひきとっていたのである。三三歳の短い生涯であった。

〈私〉は形見として忠司が愛用していた「六法全書」をもらい、手記を綴ったノートを預かる。手記は遺児が成人してから渡してほしいと伝言されたものであったが、空襲で焼失してしまう。こうして、遺児に読ませたいという「最後の意志」も挫折してしまったのである。

この作品は作者と思われる〈私〉によって書かれた弟への鎮魂の譜とでもいうべきものである。母の死、旧制高校時代のアカの嫌疑での逮捕、官立高校、大学からの締め出し、妻の若すぎる死、再婚した妻との離婚、そして不治の病……。それらの挫折を克服しようと戦中を生き抜いてきた弟の忠司だったが、病魔には勝てなかった。あまりにも若い死が訪れたのである。

作品から、実母の顔も知らずに育った弟への愛惜の念が切々と伝わってくる。石川達三の一面を見ることのできる作品である。

（初出は『世界』一九六四年一月。「戦後短編小説選」第三巻〈岩波書店〉所収）

田宮虎彦「末期の水」

奥羽越の三一藩はすでに西国勢に降伏、江戸は東京となり、年号も明治にかわったが、わずか二万三〇〇〇石の黒菅《くろすげ》藩だけが最後の抵抗を試みようとしていた。

黒菅城内で最後の軍議が決したのは一〇月一五日の夜のことである。防戦の準備が急がれ、籠城に必要な米や塩の備蓄も完了した。

一〇月二〇日、城内では最後の酒宴が開かれ、御目見得以下の藩士も藩主から盃をうけた。明日の出陣は死を意味する。藩主をはじめ集まった者の眼には涙が光っていたが、「その涙の蔭に喜びのいろさえ漂わせていた」のである。

黒菅城の巽《たつみ》御門から藩士たちは下がって来た。手には家族との別離の宴のために藩主から下げわたされた室鰺《むろあじ》の干物の藁苞《わらづと》と、銘酒菅錦の徳利をさげていた。冬至近い日のみじかい頃のことで、日差は八甲山の団子の様な山背にかたむきはじめ、御門前から武家屋敷への甃石《しきいし》の道の上には、藩士たちの姿が長く黒い陰をひいていた。いつもならば城中で振舞酒のあった時など、巽御門を下ってくる藩士たちの中には、酔いに足をとられているものも少なくない。足をとられぬまでも酒気ののぼった頬には、陽灼《ひや》けのいろとは違った朱の色が流れて、城内で手をうち唄いあった黒菅節の名残りを、口の中にかすかにうたいつづけているものさえあったのだが、今日はそうしたものも見うけられなかった。雪笠山をふきおろして来る風が冷たく甃石道を吹きすぎていった。跫音《あしおと》がその北風に寂しくまぎれて、かわいた木の葉のようなひびきを流していた。

御長柄《おながえ》奉行山中重次郎は七月下旬の戦いで銃弾に斃れていたため、代わりに妻の杉が室鯵三枚と酒を貰って帰宅する。あとに残された老母と四歳の娘、それに杉の三人に渡されたものだった。「四囲の固めのどこかが破れたとき、城内太鼓の乱打と共に武家屋敷ののものはことごとく城内に立籠るべきこと」という御目付のことばに、杉は心を逆なでされるような思いがした。籠城したところで勝目などあろうはずはない。そのことがわかっていながら籠城をいい渡す藩の重役に不信の念を抱いたのである。

杉は夫が出陣したときのことを思い出していた。「白河出陣の御言葉をうけてまいったぞ」と告げ、晴々とした顔で出て行った夫が戦死したとの知らせをうけたとき、杉はこっそり涙を流した。だが、娘が成人するまで守り育てねばならぬと思うと「頬の涙はひとつひとつかわいていった」のだった。しかし、今度の籠城のいい渡しはその希望を踏みにじるものだったのだ。

隣の御近習頭鈴木主税の家でも酒宴が始まったようだ。御指南役山崎剛太郎のほか、そこには西国勢に恭順を企てたとされる藩老三人を斬った連中が集まっていた。彼らは、恭順の首魁である主席藩老山中陸奥を斬ろうとしたが、その機会を逸していたのである。

主税は藩主和泉守の側近として二十余年にわたって仕えており、「武士とは死を知るものの言いである」という主君の座右のことばを信条としていた。それは譜代としての黒菅藩が徳川家に殉じるのは武士としての大義であることを意味し、恭順など埒外のことであった。

もし恭順を誓ったらどうなるか。「藩士はことごとく薩長によって八つ裂きにされるであろう。ただ逆賊の名を免じ、死を賜うという京都政府の一片の書付けをつきつけるのが関の山で」あろう。「逆賊とは何か。三〇〇年の恩顧は徳川幕府に対してこそあれ（略）新政府に、何の恩顧があろうか」。逆賊とは薩長のことではないのか、と主税は思うのだった。

主税が八甲山の守備を自ら申し出たのは、西国勢がここを攻めることが予想されたからである。彼は二八日、敵の前に躍り出たところを味方の種子島銃の弾丸を背中にうけ落命、二七歳だった妻のりんは敵兵に辱めをうけたうえ刺殺される。一一歳の息子も百姓の竹槍で「田楽刺しに胸板をつらぬかれて死んだ」。

山崎剛太郎は、斬込隊に加わったが、闇にまぎれて姿を消したという。

杉も「黒髪を切り腹当脛楯をつけ、御徒《おかち》を装って出陣し」たが、なだれこんできた敵兵の中で斬り死にする。やはり二八日のことであった。老母のいくと娘の澄は一一月三日、黒菅城炎上の直前、自害して果てた。

五年越しの労咳《ろうがい》で臥していて、二〇日の城内での酒宴に出られなかった御徒目付佐々野平伍は、隣家の同役が持ってきてくれた藩主からの拝領の品に手を合わせ、「最後の御奉公もかなわぬ。この不甲斐なしめ」と自嘲のことばを吐く。「せめてお城を拝みたい」という平伍に、妻の香苗は、家紋のついた羽織りを着せ、からだを支えて城の方を拝ませてやった。拝み終えた平伍の口から吐き出された血が拝領の藁苞を真っ赤に染めた。喀血がおさまるのを待って、香苗は心ばかりの膳をすえる。「お父様、御好物の小豆粥」といって、八歳の息子平之助は父の枕元に椀を置いた。

用をいいつけられた平之助が帰宅すると、父の寝床が血に染まっている。香苗は平之助にいった。「お父様に末期の水を」。主君への奉公ができぬ平伍は自害したのである。息たえていた父の唇を平之助はしめした綿でぬらしてやった。香苗は「お父様は御病気で最後の奉公がかないませぬ故、御自害なさいました。私もお供致します」といい、平之助を見つめながら、「お前様はどうなさいますかえ」と問うた。

しばらく考え込んだ平之助は「いつも身体を大切にせよと教えていた父や母が、何故己れの生命を絶てというのか問い正したい気持ちが瞬間かすかに頭をもたげたのだが、母のあまりに落ちついたその言葉に」、並々ならぬ決意が表れているのを感じとり、「私もお供仕ります」と答える。そのとき、自分が「何かにひきずられてゆく様な感じ」がしたが、それは父母といっしょに死ねるという喜びにかわっていった。「それでは二人で末期の水を……」。

平之助はかねて教えられた取り腹を切った。八歳の子供のこと故手もとが狂ったが、脾腹に脇差をつきさすと同時に香苗が頸をはねた。そして、小さな遺骸を父の寝床に並べて横たわらしてから、自分は左乳房の下に脇差をつきたて、己が身の重りをそれにかけてうつぶせた。その時平伍は三十三歳、香苗は二十七歳であった。

どこかで黒菅節のアラ、ナギアドウヤレ、ナニャトヤーラという囃子言葉が聞こえていた。古昔、アイヌの残したというその囃子唄が、三人の屍の上にしずかにながれていった。行灯の灯がやがて燃えつきた。

奥羽の架空の小藩黒菅落城前夜の藩士やその家族の悲痛な最後を描いた、胸がつまるような作品である。敗者への鎮魂歌といってもよいだろう。連作「物語の中」、「落城」などとともに、作者の敗者にたいする思いが伝わってくる作品であり、歴史小説の秀作の一つといっても過言ではない。ことに、「行灯の灯がやがて燃えつきた」という最後の一行は、作品全体を象徴しているかのようである。

〈初出は『世界』一九四九年九月。「落城・霧の中」〈岩波文庫〉「落城・足摺岬」〈新潮文庫〉所収〉

田中英光「戦場にも鈴が聞こえていた」

この小説はつぎのように書き出される。

「その頃は毎日のように雨が降っていた。低い路は絶えず石や泥を押し流す急流となり、高い路でもその辺の柔らかい赤土はまるで底なしの泥沼を作りあげてしまっていた」

この泥濘の中を兵士たちは歩きつづける。雨を吸った装具は何倍もの重さでからだにへばりつき、皮膚はふやけたようになっていた。兵士たちは小休止のあいだ、泥濘の中に腰をおろして眠るのだった。

昼間はまだよかったが、夜間の行軍になると「漆のような闇」の中で口をきく元気もなくなるのである。だが、起伏の激しい山道になると、口をきかないわけにはいかなくなる。百足競争のようにつながり合いながら歩くのだから、声をかけ合わないと危険なのだ。だれかが足を踏みはずし、谷に落ちれば前後の数人が道連れになる。

　このような苦しい行軍をつづけていると、補充兵や初年兵の中から発狂者が出る。ある大学出の補充兵は物忘れがひどくなり、やがて銃さえ忘れようとする。そのたびに分隊長から殴られるのだが、泣くばかりで効果がなく、とうとう銃や装具さえ身につけなくなり、戦友が何を聞いても「上機嫌でニヤニヤするだけ」であった。この補充兵が物かげに連れて行かれると銃声がして、その姿は小隊から消えてしまう。

　また、ある初年兵は、ぬかるみの中に坐り込むと、甲高い声をあげ、大の字に寝そべると手足をばたつかせ、手がつけられなくなってしまう。この兵士はそのまま放っておかれることになった。それは死を意味した。

　こうして、戦場で発狂した兵は銃殺されるか、捨て置かれるかのどちらかであった。助けようにも、疲れ切った兵士たちにはそんな余力などなかったのである。

〈ぼく〉たちの小隊が八路軍と戦闘を交えるために、この山岳地帯の奥深く入って一〇日ほどたったころのことである。ある夜、谷間に小さな灯が灯っているのが見えた。かすかな灯であったが、人の愛情に飢えた兵士たちにとって、それは「見知らぬ懐かしい人の存在を感じ」させるものだった。だが、その灯は敵兵のものであった。戦闘準備の命令が下り、〈ぼく〉たちはその部落に向かう。

〈ぼく〉の分隊は、山間の部落は焼いてしまうようにと命じられていたので、五、六戸の部落に入ると石油をかけ、火をつけた。そこでくりひろげられた光景はこのように描かれる。

油のようにぱちぱちはじける小雨に打たれている三、四人の中国民衆の死体、その中には足を纏足した肥った老婆も、八ツぐらいの頭の毛を真っ青に剃った男の子の死体も雑っていたが、日本兵たちは、彼らの死体には無頓着で自分たちの身体をあぶっていた。（略）他人に憐憫の心を起こすのにはあまりに自分が虐げられ疲れ果てているのだった。（略）やはり飢えと疲れから獣のようになっていたぼくも、ただ無心に彼らの死骸のそこかしこから流れだす血潮がぬかるみの水に溶けこんでゆくのを（略）暫く眺めていたが、そのうち嘔気がするほど気持ちが悪くなってきた。

この雰囲気の中で嫌悪感と厭世感とに苛まれていた〈ぼく〉は「りんりんと鳴る鈴の音」を聞く。兵士たちの輪の中に母馬が、もう一つの輪からは親を求めて仔馬がその囲みから出ようとしていたのである。鈴は仔馬の首につけられていたのだ。やっと囲みを出た仔馬は親のそばに行き、首をすりつける。そのたびにりんりんと鈴が鳴る。やがて小隊は移動を始めたが、鈴の音はいつまでも聞こえていた。

これも何度目かの作戦のときのことである。日本軍は、五個師団の兵で八路軍を包囲殲滅する計画をたてる。

ある日、〈ぼく〉たちは野営する村で歩哨に立った。五〇戸ほどのこの村の住民は、日本軍が入ってきたとたんに四散し、不安はなかったが、場所が悪かった。村は摺鉢の底になっていて、「攻めるに易く守るに難」い位置にある。それでも、八路軍が壊滅したとのことだったので安心し、軍紀もたるんでいた。歩哨も一人しか立てていない。軍紀のたるみは兵士たちにとって久しぶりの休養を与えることになったのである。

ところが夕方近くになって歩哨の声がした。「あそこにおるのは敵さんと違うか」。三〇〇メートルほどの前方に、一人の男が坂道を登って行く。敵の便衣隊かもしれない。上等兵の西山はこの男を仕留めることができるかどうか賭けをして、結局は射殺してしまう。

そのとき、茂みの中から、農夫らしい「土気色をした青衣の男」が出てきて「私百姓デス」ということばをくり返したが、西山は懐から財布を取り上げると追い返してしまった。

男が茂みの中に消えたとたん、銃声が聞こえた。敵襲である。山の斜面から続々と「蟻のように連なった黒い影」がこちらに近づいてくる。ここで死ぬかもしれない。「生への執着と死への恐怖が入り乱れて湧き上がって」くる。

夜になると戦闘は村の周囲にまで広がった。

それは全く恐怖と戦慄に満ちた花火大会だった。（略）柘榴《ざくろ》のように紅くはじけて飛び散る手榴弾、または人魂のように青い尾を長くひいて飛ぶ曳光弾、（略）ツウツウツウと続けざまに飛んでゆく機銃弾、それはすべて真っ黒な闇に美しい光の未来派めいた絵を描き、さては象徴派の音楽のように気狂いめいた騒音を発し続けた。だがその美しさのかげには人の血が流されていた。

やがて敵の銃声もまばらになり、「待ちに待った朝が、墨汁のような夜にうっすらと火を流し込むようにして、徐々に訪れてきた」ころにはすっかりもとの静けさに戻っていた。夜もすっかり明け、〈ぼく〉は小用のため茂みの前まで行った。そのとき、あの鈴の音を思い出したのである。〈ぼく〉は茂みの中に入って行った。灌木の中に小さな空地があり、そこで「全身に水を浴びせられ」るような光景を見る。あの青衣の農夫が、銃弾に当たったのであろう、腹部から血を流して死んでいたのだ。そしてその横には一頭の馬が頭部を銃弾で砕かれていた。その乳房には生まれて間もない仔馬が乳の出なくなった乳房をくわえ、首を振るたびにその首輪の鈴が「りんりん」と明るい音色を響かせていた。

この作品は中国戦線を舞台にした戦場小説である。発狂者が出れば、戦友であっても見捨てられるか射殺される。中国人を射殺できるかどうかを賭けの対象とする。ここには人間を虫ケラとしか見ない「帝国軍隊」の非人間性と退廃があり、作者はそれを描き出そうとしている。

一方、激しい戦闘の中でも人間性を失うまいとする主人公の姿は、作品に厚みを与えているように思われる。仔馬の首につけられた鈴の音にひかれる主人公の心情に、戦場の中の叙情さえ伝わってくる作品であり、それが戦争の悲惨さをより浮き彫りにしているともいえるだろう。

（『桑名古庵』一九四七年所載、「戦争の文学」第八巻〈東都書房〉所収）

永井龍男「青電車」

青電車とは終電一つ前の電車のことである。その勤務を了えた鈴木仙七は、車庫内にある車掌の溜りの部屋に戻った。目刺を焼く匂いが部屋の外までただよってきて空き腹に染みる。一一月中旬、肌寒さも感じるころであった。

部屋の中では三、四人の車掌たちが火を囲みながらベンチに腰かけている。「いい匂いをさせやがるなァ……」と鈴木がいったときである。「ガチャリと音がして、伸びをし乍ら」ベンチから男が立ち上がった。巡査である。至急、王子署に出頭しろという。理由を尋ねる鈴木に、俺にはわからんと答えるだけであった。だが思い当たることがないでもない。

三カ月前に再婚した妻の勝恵が、ここ二晩帰宅していなかったのだ。製本工場で働いている彼女は、鈴木よりも三つ年上で、垢抜けした女であった。近所の年寄りが、離婚したあと一人ぐらしをしている彼を見かねて世話をしてくれたのだった。「身綺麗で、隣近所にも愛想よく、台所の切り回しもつつまし」い妻に鈴木は満足していた。ただ強いて欠点をいえば無類の煙草好きだということだった。しかも高給煙草しか吸わず、夜中に起きて一服つけるほどの愛煙家なのだ。ほかには何の気遣いもいらない彼女が昨晩と一昨晩つづけて帰宅しないのが気になっていたが、仕事が忙しく徹夜が二、三日つづくかもしれないといっていたのを思い出したりもしていた。

署に行くために省線に乗りこんだ鈴木は、つい先ほどのことを思い浮かべた。勤務を了える直前のことである。車掌台から窓の外を見た彼は、暗闇の中で電車に向かって呼びかける声を聞いたような気がした。そのとき、スパークする架線の光の中に「懸命に電車を追い続けているらしいが、云わば大きな黒い布かなにかのやうに、妙にフワリと得体の知れぬもの」を見たのである。その黒い影が軌道の上でのめると、そのあとに「黒々とした液状のものが、石畳を染めて」いた。しかしそれはすぐ闇の中に消えていった。たかが酔っ払いが鼻血を出しただけではないか、と自分にいい聞かせようとしたが、鈴木の眼にはあの液状のものが焼きついてどうしても離れない。

署から病院へ駆けつけたとき、もう妻の勝恵はこと切れていた。そして翌日の新聞に、「道楽清算のため、死を選んだ女、懺悔し尽し絶命」という見出しの記事が出る。

「市電車掌鈴木仙七の内妻、大谷勝恵（三二）は両足轢断、下腹部は滅茶々々という状態で×病院に担ぎ込まれた」とその記事は書き出され、重体に陥った中で彼女が語ったことがこまかに記されていた。それは、勝恵は煙草と男が何より好きで、放埒の限りをしつくしたこと、浮気をしたため前夫と離婚したこと、やっと三〇の声を聞き製本女工というまともな仕事につき今の夫といっしょになったこと、だが、また浮気の虫が出て家をあけるようになり、まじめな夫への申訳なさから死を選んだということなどである。

この記事を書くために通信員は×病院へ向かった。看護婦のあとにつづいて病室に入ると、医師は腰かけていた。「ご亭主がもうすぐ来ッカンな、気を確りしているんだ」。その声は医師のそばに腰かけている警官のものである。看護婦がそばに寄って行き女の口に何かふくませる。部屋の暗さにやっと慣れてきた通信員はまわりを見渡した。そのとき、女の声らしいものをはじめて聞いたのである。その気丈さに驚き、「痛まないもんですか？」と尋ねる通信員に、「大衝撃を受けた時に、神経が切断されたり萎縮したりすると、苦痛を感じないものなんだ」と医師はいい、もう時間の問題であることをつけ加えた。

「黄色い蝶々が、線路の……、あの人……」、意識の混濁が始まったのか、女の口からそんなことばが切れ切れに出る。応急手当から三時間、彼女の意識はこれまでしっかりしていたのである。「どう、苦しいの？　痛む？　もう少しの我慢よ」。看護婦は励ましのことばをかけながら、注射を打ってもいいかと医師に聞いた。鎮痛剤を打つことは死期を早めることを意味する。「どうせ亭主に逢えないから、打ってやってもいいが……」と医師は答えた。

医師によると、この女は不感症であり、そのためか男から男へ渡り歩いたのだという。女の眼は閉じられ、「時々口を動かし、眉をひそめる度が多くなってい」く。

通信員は警官を病室から連れ出すと医務室へ入り、警官のメモと話をもとにあの新聞記事を書いたのである。

やがて彼女の意識はなくなっていき、息を引き取った。その場面はつぎのように描かれる。

水を欲しがる女に、医師は許しを与えた。そして、医師はこんなことも云ったそうだ。

「どうだ、煙草を飲んでみないか。……さあ一服してごらん」

煙草と聞いて、女の表情がかすかに動いたやうに見えた。医師は自分の口で煙草に火をつけ、女の唇にはさんでやった。――一度開いた眼を、重たげに閉じると、女の口からエヤー・シップ（彼女が好きだった煙草）がほろりところげ落ちた。それ切りで、女は安らかに息を引取った。
「長い間、誰を待っていたろうな……」
医師は再びそう呟いたそうである。

青電車に乗務していたときのあのできごとが「鈴木の胸に甦ってきたのは、初七日過ぎてから」のことであった。骨壺の前には煙草の缶が供えられていたが、妻の勝恵が飛び込んだ現場に煙草が散らばっていたことを鈴木は知らない……。なんとも切ないできごとを取り上げた作品である。実直な主人公が二度目の妻を得てやっとつかんだ幸せが、その自殺によって失われてしまう。しかも、この部分は暗示的にしか書かれていないが、自分が乗務していた電車に飛び込んでの死だった。何という皮肉であろう。

なぜ自ら命を絶ったのか。男から男へ渡り歩いてきたことを悔い、まじめな夫への罪滅ぼしのためだったのである。医師によれば不感症が男をつぎつぎに替えさせたのだという。浮気というより、彼女の肉体がそうさせたのであることを彼はいいたかったのであろう。そして末期の一服を吸わせようとする。瀕死の床で苦痛に耐えながら、多分今の夫であろう、男を待ちわび息絶えた彼女に「長い間、誰を待っていたろうな……」と呟く医師。ここに、作者の人間愛とでもいうべきものを私は見たい。

一方、酒気を帯びての病院での取材、それをおもしろおかしく記事にする三流新聞の通信員。この対照は見事である。

結末の部分はつぎのように書かれる。鈴木に「手渡された遺留品の中には、鈴木仙七名義の、角々の擦れた貯金通帳もあり、前日の日付でなにがしかの預入れも記載されていた。一〇日目毎に支給される大谷勝恵の日給であった」。

彼女は、製本工場でもらう日給を夫の貯金通帳に預け入れていたのである。その妻が前非を悔いて若い命を自ら絶っていったのだ。何と哀れで悲惨なことであろう。作者の心情がここにも読みとれる。

永井龍男独特の暗示的で細叙体の文体にも魅かれる作品である。

（初出は『新潮』一九五〇年八月。「日本現代文学全集」第三一巻〈講談社〉所収）

宮本輝「小旗」

「父は精神病院で死んだ」。これがこの作品の書き出しである。

〈ぼく〉は危篤の知らせをうけるが、死に目には会いたいとは思わず、パチンコ店で閉店まで玉をはじいていた。そこを出ると、なけなしの金をはたけばおでんぐらい食えるだろうと思い、以前行ったことのある店に入る。店の主人に、就職試験に落ちたことを話すと、「あたりまえや、卒業出来るかどうか判らんような学生を雇うような会社があるかいな」といわれる。

〈ぼく〉はビジネスホテルでボーイのアルバイト、母はそこの従業員食堂で働いている。この日は休みを取って梅田の歓楽街を歩きまわっていたのだった。もう父は死んでいるかも知れないと思いながらバスの停留所まで行ってみたが、最終バスが来ないので三〇分はかかるアパートまで歩いて帰ることにした。

アパートに戻ると、〈ぼく〉の帰りを待っていた管理人のおばさんから、父が亡くなったことを知らされる。一人で淋しく通夜をしているだろう母のことを思い、ともかく連絡だけは、と公衆電話のボックスに向かう。電話の向こうから「なんで、病院にけえへんかったんや」、「お父ちゃん、夕方の六時に息を引き取りはった。ひとつも苦しまんと死にはった」という母の声が聞こえた。

〈ぼく〉はもう四年近くも父といっしょに暮らしてはいなかった。何度も事業に失敗した父は、六五歳になって一旗あげようとしたが、それも思うようにはいかず、そのまま姿を消していたのである。

存命中のある日、この父から会いたいという手紙がくる。指定されたアパート近くの踏切で待っていると、頬かむりをした父がやってきた。喫茶店に入り、大学に進学したいんだがという〈ぼく〉に、父はそんな金はないと「かつて見せたことのない弱々しい笑みを浮かべた」。そして「俺はもう七十や」と呟きながら喫茶店を出て歩き出す。〈ぼく〉はそのあとをつけた。父はアパートの一室に入って行ったが、そのことを母には黙っていた。

それから二カ月ほどたったある日、青ざめた顔をした母は買物籠を投げ出していった。「お父ちゃん、女の人と暮らしてはったの」。いつも出かけるマーケットが休みだったのでE町の市場まで行ったとき、三五、六の女といっしょにラーメン屋から出てくる父を見たというのだ。そのあとをつけ、父のアパートを突きとめたときは足が震えたという。

なんとか私立大学に合格したものの、〈ぼく〉には一〇日以内に入学金などを払う余裕はない。思いあまって父のところに行くと、驚いた彼は表に出て〈ぼく〉に家の中を見られないように急いでドアを閉める。入学金のことを頼むと、借金してでもなんとかしようといってくれた。そして五日後、父から金を取りにくるようにとの電話があり、例の喫茶店で受け取る。そのとき、父と会うのはこれで終わりにしようと思ったが、その後、何度か父は〈ぼく〉たちのアパートを訪ねてきては「人目を忍ぶようにして帰って行」くのだった。

それは四カ月前の寒い夜のことである。半年ぶりにやってきた父が突然脳溢血で倒れたのである。救急車を呼び病院へ運び込んだ。その日は、あの女が付き添うというので、〈ぼく〉と母は帰宅する。母の話では、女はバー勤めをしていて、そこで父と知り合ったが、水商売が嫌いで今は洋裁をしているという。

父の意識は三日後には回復したが、右半分に麻痺が残った。はじめは女が面倒をみていたが、やがて病院に来なくなり、母と〈ぼく〉が交代で付き添うことになった。父は乱暴な振る舞いをするようになっていった。訳を聞くと廻らぬ舌で「三角や、三角や」と叫んだ。はじめ何のことかわかりかねていたが、女が同室に入院していた男と出て行ったことに腹を立て「三角関係や」といっているのを知る。それが暴れる原因だったのである。父の乱暴がますますひどくなったため、その病院にはいられなくなり、「完全看護で、費用も国がみてくれるという」病院に移ることになる。それが精神科病院であることを知るのは、そこへ着いてからのことであった。

この病院で父は死んだのである。朝早く来てくれるようにいわれていたが、昼近くになって目を覚ました〈ぼく〉は、朝食もそこそこにG駅まで行き、そこからバスに乗った。ぼんやりと四方を眺めていると、赤い小旗が目に入る。小旗は力いっぱい振られ、バスに停車を命じた。小旗を振ったのはバスの運転手と同じ制服を着た若い男であった。交通整理をしていたのである。

病院に着くと、もう父の遺体は別室に移されていた。死亡証明書を持って〈ぼく〉は火葬許可証をもらいにG駅近くの市役所に向かう。またバスに乗り、外を見ていると、あの小旗が目に入った。〈ぼく〉は窓越しに青年の顔を近くで見ることができた。

青年はぼくと同じ年格好だった。ずんぐりむっくりした体の上にアンパンみたいな顔が乗っていた。彼は道に真っすぐに立ち、片時も油断のない目で、バスのやって来るのを見張っているのだった。バスの姿をみつけると、即座に対向車に向かって小旗を振るのである。それも何事が起こったのかと思えるほどに、強く懸命に、ちぎれんばかりに小旗を振るのだった。（略）青年はバスが無事に通過したことを確かめると、停まってくれた数台の車に深々と礼をした。

この光景を見ながら〈ぼく〉は「ひとりの人間に、かつてそんなにも魅かれたことはなかった。そんなにも懸命さをむき出しにして、仕事をしている人を見たことがなかった」と思う。

病院に戻ると、父の遺体を二人の患者が拭いていた。二人は仕事をあたえられたことがいかにも生きがいででもあるかのように「並の人間なら決して引き受けたくない作業」をつづけている。〈ぼく〉たちは看護婦が「どこかで休んでいて下さい」といってくれたので庭へ出た。そこへ軽症らしい患者たちが看護婦に引率されて通りかかる。その一団を見ながら、〈ぼく〉はふと「あの小旗を振っていた青年は、もしかしたら狂人ではないだろうかと思った」。昼食を買いに行ったついでにあの青年を見たくなった〈ぼく〉は、病院とは逆方向に歩いた。相変わらず彼は「全身全霊を傾けて」旗を振っている。その姿を見ているうちに父の死がたまらなく悲しく、また死に目に会えなかったことが悔やまれてならなくなった。病院へ向かう「ぼくの心の中で、色褪せた赤い小旗はいつまでも凜凜とひるがえっていた」のだった。

事業の失敗から借金の返済を迫られ家を出て行った父は、若い女と同棲していたが、〈ぼく〉の学費の一部を何とか工面してくれる。そんな父も脳溢血で倒れ、女からも裏切られて精神病院で死を迎える。幸せとは縁のないところでそれなりに懸命に生きてきた父と、精神に異常を来したようにさえ思える青年の小旗を懸命に振る姿とが重ね合わさってくる主人公の心理を描いた作品であり、ことに末尾の部分は印象に残る。

（初出は『世界』一九八一年一月。「戦後短編小説選」第五巻〈岩波書店〉所収）

富士正晴「帝国軍隊に於ける学習・序」

〈わたし〉の勤務する役所でも昼休みの軍事教練が始まった。指導教官は在郷軍人である。不動の姿勢、速歩、駆け足などをやっているだけで、ふだん使わない筋がつっぱってくる。一、二、三、四……と番号をかけていると「人間の安物に具体化される」のだ。われわれは軍隊にひっぱられてやっと二等兵になる前の三等兵なのである。

指導にあたる在郷軍人は、近頃流行の「不肖わたくしは」を使って話し出す。軍隊は地方とちがって教練が始まれば上官の命令は天皇の命令であることを忘れないでほしい、と。そのことは一五分もたたぬうちに「手痛く」知らされることになった。

丸刈りになり、国民服、戦闘帽、奉公袋、巻脚絆を身につけることによってわれわれは地方離れしていくのを感じた。

夜間行軍があり、簡閲点呼の訓練は終わった。その反動として髪を伸ばしはじめたが、どこまで伸ばせるかわからなかった。召集される者が増えてきたからである。

町内では、警防団長も兼ねていた在郷軍人の煙草屋のおやじである町内会長の力が強くなった。それは彼のいうことが「朕の命令にほぼ近くなっていた」からであり、逆らえば坊空演習のとき、焼夷弾が落ちたと想定され、水びたしにされてしまうからでもあった。

召集のことは〈わたし〉にとっては現実味がなかった。簡閲点呼の訓練が自分に兵士になる資格などないことを教えてくれたからである。それより現実性があると思ったのは徴用だったが、やはりそれは現実となり、〈わたし〉は訓練所の寮長に任命される。寮は軍隊にも刑務所にも似ていて、徴用工は監獄部屋のタコのようにも思われた。彼らはプレス、鍛造、圧延のどれかに配属されるが、圧延が最も敬遠されたのは重労働であるうえに危険な仕事だったからだ。〈わたし〉はこの仕事に割り当てられた。

そんな〈わたし〉に教育召集令状がくるが、圧延工場で働かされるよりましだろうし、防空演習もない軍隊のほうが楽だろうと思われたのである。それにしても、「おれのような者まで召集されるようでは遠からず日本は敗けるだろう」と思わずにはいられなかった。

入隊した〈わたし〉は、母の知人の息子だという兵長のすすめで第一機関銃中隊に配属される。食事にも不満はなく、何も思いわずらうことなどなかったが、それが思い違いであることを身をもって味わうはめになるのに時間はかからなかった。

将校たちにとっては、自殺や脱走を防ぎながら三〇代や四〇代の初年兵をどうやって教育するかが課題であった。そのためには「古兵たちの私的制裁を厳禁して、便所で首吊りしたり、射撃場で足指で引き金をひいて自分の首をこっぱみじんにぶっとばしたり、塀をのりこえて一目散に逃亡させたりするようなとこへお爺やんの新兵を追い込まぬようにする必要があ」ったからである。

だが、この私的制裁の禁止は、今までその対象となってきた古年兵にとっては「帝国軍隊にあるまじき不条理、矛盾、軍隊精神の自殺、自分たちにとっての大損」のように思え、こんな新兵たちを小学生のように扱えるかという気持ちにさせた。

もともと新兵たちには、兵隊に向かない者を召集しておいて何が軍人修行かという気持ちがあり、内務班生活がうまくいくはずがなかったのである。また、将校や現役兵たちも、幼年学校から士官学校へと進んだ一部の者を除けば野戦行きを嫌い、もしそれに配属されたらヤケ酒を飲んでウップン晴らしをするというのが実態だった。

演習にひっぱり出された新兵の中には、一〇〇メートルも走れぬデブの医者、銃の照準が合わない白内障の百姓、五カ条の軍人勅諭が暗記できない炭坑夫、匍匐前進のとき、少しも前へ進まない市役所の雇員……そんな兵隊を訓練しなければならない准尉にとっては、彼らが召集解除になることを願うほかなかった。

前線では将校の消耗が激しくなり、補充兵の中の中等学校卒業者が幹部候補生のターゲットにされたが、だれも応じようとはしない。三カ月の教育召集期間が終わる予定の彼らにとって、軍隊に残る意欲などもともとなかったのである。

〈わたし〉もその一人であった。立ったままで聞いたことを覚えることができないし、機関銃の銃身を取り外す方法は忘れる。また中国やアメリカ、イギリスの人々を憎んでもいないし、統率力もない。それに精神訓話など聞くのもいやだし、するのはもっと嫌いである。そんな〈わたし〉に将校になる資格などないと思っていたからである。集団を指揮するより一兵卒のほうがまだしもよかったのだ。

やがて営庭に整列させられたわれわれ十数人を前に、つぎのような訓辞が行われた。

お前たちは今回の編成に入った。近く某方面に向かって出発する。お前たちはこの重大な戦局をもカンガミズ、こそこそ寄り集まっては復員帰郷のことばかり話しており、訓練に何等進んで身を入れることがなかった実に不届きな不成績の奴である！

こういうお前たち不届きな兵隊は第一線に出て行くがよい。

その中に幹部候補生を辞退した者は一人残らず入っていたが、軍医と友達だといっていたあのデブの医者ははずされていた。

翌朝、編成に変更があり、中学校出身である旧家の跡取り息子が抜けていた。代わりに「悲しげな馬方」が入っている。「ボロ中のボロ、兵隊としての不届者、役立たずを、第一線に送って何になるだろう。（略）軍人勅諭を全文すらすらと暗誦し、梁木の上から飛びもしようという優秀な奴などは勿論編成にはいっていな」かったのだ。

幹部候補生になるのを辞退した者、水呑百姓、小商人などが前線に送られる。報復的でいやがらせじみた編成であった。「こんなもんじゃよ、世の中はなあ、……困っている者が損なくじを引くんじゃ、それが運命というもんじゃなあ」と炭坑夫はいうのだが、〈わたし〉には運命などとは思えない。「一死君恩に報じ、第一線に勇躍出征という美しく勇ましい初号見出しを頭の中に思い浮かべる。忠勇無双の第一線将兵。いやはや、それが懲罰であったとは！　ボロ兵士の遠島流罪であったとは！　それよりも、わざわざボロの兵隊を使って第一線の戦いをするのだとは！　こりゃあ、日本は負けたなとわたしは思った」。

この作品は天皇の軍隊の実態を暴露し、痛烈に批判した軍隊小説である。うまく立ちまわった者が野戦行きをのがれ、戦う意欲など全くない「ボロ中のボロ兵士」が「忠勇無双」の兵士などと新聞に書き立てられ、前線に追いやられるのだ。

作者は、軍隊の実像を描くことにより、「神兵的道義的全世界の救い手的日本軍隊像は日々の実際の軍隊生活の汚なさ、いやさにかかわらず、その生活の高いところに汚されもせず無垢に厳然とただよっている」その虚像を打ち砕いて見せたのである。

作者の帝国軍隊を見る眼はシニカルで、きびしく、そして鋭い。

（初出は『新日本文学』一九六一年一月。「富士正晴作品集」第一巻〈岩波書店〉所収）

あとがき

これは、戦前のプロレタリア文学作品と一九五〇年代前後の短編小説から、それぞれ一五編の作品をとりあげ、日本民主主義文学会三池支部発行の『炭鉱地帯通信』で紹介したものである。

これらは名作とか代表作といわれるたぐいのものではないかもしれないが、私にとってはやはり心に残る作品である。

ところで、短編小説とは何か。中編小説や長編小説とのちがいを線引きすることはむずかしい。とはいっても目安となるものは必要だろう。

「現代日本文学大事典」（明治書院）によれば、「四〇〇字詰原稿用紙一〇〇枚までの作品で、なかでも一〇枚以下のものを掌編とか小品」と称し、短編小説は、「一般的には二〇枚のものと五〇枚のものであろう。二〇枚のものはテーマやモチーフの面白さを中心としたものが多い。短編らしい短編とは、この種のものだろう」。五〇枚となると、構成にも変化が必要となり、「叙述や描写にもさらに厚みと深さが加わらなければならない」ということになる。

筒井康隆は「短編小説講義」（岩波書店）の中で、現代作家の短編は一二〇枚、一五〇枚と増えてきているとのべ、阿部昭は「短編小説とは他の何であるよりもまず『短い話』である。『短い話』にも別に区別はないが、是非とも短くなくてはならぬことだけは確かであろう。（略）また『話』というのも、どういう話でなくてはならぬという約束はないだろう」と書いている（「短編小説礼讃」岩波書店）。これもひとつの〝定義〟なのかもしれない。

いずれにしても中編小説や長編小説とくらべて、より密度なり凝縮度の高さ、切り口のするどさなどが求められるのが短編小説であろう。

この本は、作品をこまかく分析したり、批評を加えたものではなく、「紹介」に重点をおいたものであり、気軽に読んでいただければそれでありがたいと思っている。

出版にあたって今回も海鳥社の杉本雅子氏にお世話をかけた。感謝の意を表したい。

二〇〇五年四月

山口守圀

山口守圀（やまぐち・もりくに）
1932年，福岡県生まれ。
1953年同人誌『文学世代』同人。
1970年，同人誌『過流』同人。
日本民主主義文学会会員。
著書「文学に見る反戦と抵抗」(2001年)，「文学運動と黒島伝治」(2004年，いずれも海鳥社)
現住所　福岡県久留米市北野町今山419

短編小説《たんぺんしょうせつ》の魅力《みりょく》
『文芸戦線《ぶんげいせんせん》』『戦旗《せんき》』を中心《ちゅうしん》に

■

2005年4月15日　第1刷発行

■

著者　山口守圀
発行者　西　俊明
発行所　有限会社海鳥社
〒810-0074　福岡市中央区大手門3丁目6番13号
電話092(771)0132　FAX092(771)2546
印刷・製本　大村印刷株式会社
ISBN 4-87415-519-7
http://www.kaichosha-f.co.jp
[定価は表紙カバーに表示]